아이 러브모텔

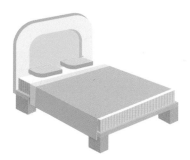

남자가 지하철에 올라탄다.

잠시 후 다음 역에서 여자가 지하철을 탄다.

둘은 잠시나마 같은 칸에 머물며 호흡한다.

그렇게 함께 욕망이라는 역을 지난다.

남자는 다음 역에서 내린다.

여자는 남자가 내린 그다음 역에서 내린다.

두 사람에게 지하철은 스치듯 닿은 장소,

그 이상 그 이하도 아니다.

나는 그들에게 지하철 요금을 받으면 그만이다.

체크인

여러분의 광대가 되겠습니다. 지금부터 춤과 노래를 대신해 종이와 연필로 신명나게 한판 놀아보겠습니다. 여러분의 삶에 녹아들어 잠시라도 기억될 수 있다면 대성공이겠지요.

책 속의 이야기들은 100% 사실은 아니지만, 실제로 일어난 일들입니다. 저는 꾸며진 이야기들을 진실의 도마 위에 올려놓고 사실만을 재단하려 합니다.

햄스터의 임신 기간이 14일, 사람의 임신 기간이 9개월, 코끼리의 임신 기간은 640일. 저마다 다른 임신 기간을 가지듯이 제 글이 잉태되는 데 걸린 시간은 대략 40년이 조금 넘겠습니다. 그만큼 많은 이야기가 있겠지요.

감정 노동이 심한 직업 1위가 숙박업, 2위가 텔레마케터라고요. 그래도 괜찮습니다. 이렇게 쓰지 않으면 안 될 것만 같은 글감이 생기니 제법 견딜 만해요!

목차

체크인

1부

나는
모텔 하는 여자

2부

프런트라는 창문으로
바라본 사람들

3부

진상
퍼레이드

4부

뜨겁고도 외로운
모텔 다반사

5부

오늘도
재워드립니다

체크아웃

1부

나는
모텔 하는 여자

평일 대실은 몇 시간인가요?

'0.01초 차이로 올림픽 메달 색이 바뀌고, 1초 차이로 버스나 기차를 놓칩니다. 늦게 퇴실하는 만큼 오늘 하루의 출발점이 달라집니다. 퇴실 시간 엄수 부탁드립니다. 1분 1초의 가치를 꼭 기억해주세요!'

엘리베이터 버튼 위에 잘 보이게 한 장의 메모를 붙인다. 퇴실 시간을 너무 지키지 않는 손님들로 골머리를 앓고 있던 나는 한 가지 꾀를 내본다. '시각장애인입니다. 도와주세요'로는 아무런 도움을 받지 못했으나 '아름다운 날입니다. 하지만 저는 앞을 볼 수 없습니다'라는 문구로 온정의 손길이 늘어났다는 누군가의 이야기가 떠올라 철학적인 접근을 해보기로 한 것이다. 인생 어쩌

13

구저쩌구 하면 좀 먹히지 않을까? 그때 낯선 번호로 전화 한 통이 걸려온다.

"평일 대실 몇 시간인가요?"

"오늘 넉넉히 7시간 드리고 있습니다."

사실 우리는 다른 모텔보다 대실 시간을 넉넉히 준다. 어차피 침구류나 수건, 가운 등은 1초만 사용해도 세탁업체에 맡겨야 하고, 청소는 청소 팀이 하므로 특별히 손해볼 일은 없다. 물론 잔여 객실이 없으면 그리 오래 주기 힘들겠지만 말이다. 손님 입장에서도 씻고 영화 좀 보고 컵라면 먹다가 사랑하고 한숨 자고, 다시 씻고 치장하고 나오려면… 7시간은 되어야 넉넉하지 않을까 하는 생각도 들었다. 그리 넉넉한 시간인데, 부족했던 걸까? 7시간이 지나도 나오지를 않는다. 결국 퇴실 알림 전화를 돌린다.

"고객님, 퇴실 시간 지났습니다."

반응은 가지각색이다.

"알아요, 알아!!" "죄송합니다." 또는 아예 전화 안 받음.

"네, 알겠습니다." "지금 나가요." "씻고 나갈게요."

7시간이 부족한가? 도대체 얼마나 시간을 더 줘야 할까, 그런 생각을 하고 있을 때였다. 오후 6시 즈음 다섯 개의 객실에서 동시에 문 열림 알람이 뜬다.

"문이 열렸습니다."

"문이 열렸습니다."

"문이 열렸습니다."

"문이 열렸습니다."

"문이 열렸습니다."

오전 11시에 입실했던 대실 손님들이 일제히 칼같이 퇴실한다. 약속이라도 한 듯 다 함께 나오는 모습에 나는 방안에 머무는 손님들을 상상해본다. 퇴실 시간이 다가오기 전에 미리 짐을 다 챙긴 후 침대나 의자에 앉아 멍 때리다가 6시 땡! 하면 "됐다 나가자" 이러는 걸까?

욕망은 소중하니까

밤 12시를 지나 새벽 2시가 되면, 마치 교문을 나서는 아이들처럼 나이트클럽의 출구에서 사람들이 빠져나온다. 학교와 나이트클럽의 차이점이 있다면 하교하는 아이들은 삼삼오오 무리를 지어 나오지만, 나이트클럽은 둘, 넷, 여섯… 이렇게 짝수로 나오는 경우가 대부분이라는 것이다. '나이트클럽-룸 소주방-모텔'이라는 방정식도 함수도 아닌 그들만의 공식 아래에서 무언의 약속을 하고 나면 다시 그들만의 리그가 시작된다.

모텔 프런트에 앉아서 보는 그들의 모습은 오마카세 코스 메뉴를 고민하는 셰프의 모습과 닮아 있다. 보다 신선한 재료를 찾아서, 보다 새로운 재료를 찾아서! 먹잇감이 된 서로는 최종 목적

지인 모텔로 향한다. 그러고는 먹는다, 마신다, 넘긴다, 씹는다, 삼킨다. 그래, 서로를 '삼킨다'라고 말하는 게 적절하겠군. 이것이 바로 원나잇 교과서의 실습 현장.

"얼마예요?"

남자가 다급한 얼굴로 묻는다. 그 찰나의 순간 나와 눈이 마주친 여자는 얼굴이 불타는 '고무 다라이'가 되어 슬쩍 프런트로부터 뒷걸음친다. 무엇을 모르는 것인지 모른 척하는 것인지, 고민하는 것인지 고민하는 척을 하는 것인지, 뒷걸음질에 담긴 속내가 궁금하다.

반면 가격을 묻는 남자의 마음은 쉽게 읽어내었다. 대게 이런 경우는 '급하다 급해!' 유형이다.

"5만 워…."

나의 대답이 끝나기도 전에 남자는 빳빳한 지폐 한 장을 나에게 던지며, 여자의 하얗고 보드라운 손을 살며시 잡아끈다. 참 희한하다. 사랑하는 이 앞에 데려다놓는 것은 발이 하는 일인데, 사랑은 죄다 손이 차지하는 걸 보면. 손을 잡고, 손으로 그 사람을 어루만지고, 손등에 키스한다.

여전히 속내를 남에게 보이지 않는 그녀는 남자의 품에 슬쩍 안긴다. 그 모습이 마치 물을 줄 시기가 한참이나 지나 메마른 나뭇잎과도 같다. 끝내 발걸음에 담긴 의중은 알 수 없을 테지만, 내 눈에 그들의 사랑은 일견 꽃과 벌의 사랑보다 더 순수해 보인다. 번식을 위해서가 아닌 오직 욕망만을 따르는 행위일 테니.

떡잎부터 달랐던 모텔 사장

포근한 봄 햇살이 탐스러운 1995년 4월의 마지막날, 나무 그늘 아래로 소녀들은 모여든다. 타고난 이야기꾼인 나의 연애사를 듣기 위해서 모인 친구들이었다.

"그럼 너 키스도 해봤어?"

"해봤지. 난 사람을 만나면 딱 두 번 키스하거든. 처음 사귀기 시작할 때 한 번, 그리고 헤어질 때 이별 키스 한 번."

내 머릿속에서 나온 '연애하는 멋진 나'의 캐릭터 설정이다. 친구들이 하나같이 다 속아넘어가는 걸 보니 오늘도 내 상상 극장은 성공이다.

"쩡이 멋있다…."

사실 키스는커녕 남자친구 한 번 사귀어본 적이 없었지만 친구들 앞에서 나는 누가 들으면 연애 박사인 양 굴었다. '나는 좀 달라'라고 말하고 싶었던 사춘기 소녀의 허세였다.

그러던 어느 날 같은 학원에 다니는 친구가 소개팅을 시켜주었다. 실전을 경험할 기회가 눈앞에! 상대는 K고등학교 농구부 선수로 188cm에 호감형 얼굴이었다.

"안녕! 난 우지현이야. 별명은 이름이 비슷해서 우지원이고, 나도 3점 슛의 황제지. 근데 너 귀엽게 생겼다."

자기 이름을 밝힌 지현은 나에게 어떤 스타일의 남자를 좋아하냐 물었다. 한순간도 긴장의 끈을 놓지 않고 나는 계획대로 대답했다.

"나는, 일단 날 좋아해야 호감이 생기더라."

이 표현은 상대가 마음에 들 때만 쓸 수 있는 말이다. 내 마음을 전하면서 동시에 상대의 마음을 떠보기에 제격인 말로 미리 고민해둔 거였다. 그러자 지현이 대답했다.

"그럼 나도 네 이상형이네."

됐다, 속으로 쾌재를 불렀다. 그렇게 그는 (아무도 몰랐지만) 내 인생 첫 남자친구가 되었다.

　　1995년 5월 4일은 남자친구네 남고와 내가 다니던 여고의 체육대회가 겹치는 날이었다. 다음날이 공휴일인 5월 5일 어린이날이었던 것은 체육대회로 피곤해할 아이들에 대한 학교측의 배려였다. 이 틈을 놓칠 리 없는 한창때의 청소년들은 체육대회가 끝나면 내친김에 다 같이 그 시절 최고의 핫플레이스였던 카페 '은빛날개'에 모여 학교 간 미팅을 강행하기로 했다. 6대 6, 남자친구도 소개할 겸 나의 주선으로 이루어진 자리였다.

　　약속의 날, 생전 처음 파우더와 사이버틱한 갈치색 립스틱을 바르고 친구에게 빌려놓은 은색 원피스를 차려입었다. '이렇게 입으면 기분이 좋거든요'라 말하는 X세대의 패션이었다. 이런 자리가 처음이었지만 익숙하다는 듯이 행동해야 했다. 먼저 도착해 자리를 잡아놓은 남자친구네 테이블로 향하며 나는 친구들에게 손짓했다. 그리고 자랑스럽게 소개했다.

　　"얘들아, 여기 내 남자친구 우지현이야."

　　큰 키에 호리호리한 체격이었던 지현이가 제법 준수한 외모를 가졌기 때문인지 대번에 친구들의 부러운 눈빛이 느껴졌다. 이때는 만화 〈슬램덩크〉를 비롯해 '연대BB' '고대BB'('baseball' 줄임말로 아이들은 농구선수를 BB라 불렀다) 등 농구가 크게 유행하면서 장신의 운동선수들에 대한 인기가 하늘을 찌르던 시기였다.

나의 이상형 역시 키 큰 남자였고.

어느 정도 자리가 정리되었다고 생각했는지 우쭐대고 있던 지현이가 나를 불렀다.

"쩡아! 잠깐 이리 와봐. 여기 인사드려. 선배님, 여기 제 여자친구입니다."

제 여자친구입니다.
제 여자친구입니다.
제 여자친구입니다.

한참 귀에 맴돌던 그 말을 아직도 잊을 수가 없다. 그때의 나는 얼마나 떨렸던가. 아니, 그런 기분은 처음 느껴보았다. 태어나서 처음으로 나의 존재를 인정받는 느낌이었다. 그래, 이 순간을 위해 나는 지금까지 그렇게 많은 글로 연애를 공부하고 허황된 상상 극본을 써왔나보다. 그날 내가 모은 다섯 명의 친구들은, 사실 친구라기에 거리가 먼 아이들이었다. 또래보다 성숙하고 연애경험이 풍부했으며 화장 기술도 뛰어났다. 난 그런 친구들을 동경했다. 왜였을까? 이번 미팅 자리를 주선한 것도 그 애들 사이에 끼고 싶어서였는지도 모른다. 서로 인사를 마치고 지현이 주문을 시작했다.

"여기 오백 열두 잔 주시고요. 마른안주랑 재떨이 좀 주세요."

그리고 계속되는 추가 주문.

"혹시 버지니아랑 88 있나요?"

'버지니아'와 '88'은 담배 이름이었다. 앞서 '카페'라 말한 이 곳은 오늘날처럼 커피와 차, 디저트를 파는 곳이 아니었다. 그곳 은 맥주와 소주, 안주를 파는 술집이었다. 지금도 우리나라는 술 에 관대한 사회라지만, 90년대 초반에는 그 관대함이 부처님의 자비로움에 비할 바 아니었다. 신분증 검사가 다 뭐람. 술을 한잔 이라도 더 팔려는 자와 한잔이라도 더 마시려는 자의 팀워크가 이루어지는 곳일 뿐이었다. 오직 술이라는 공동의 이익을 위하여 존재하는 곳. 거기에는 청소년을 위한 법 나부랭이 따위도, 어른 으로서 일말의 양심도 존재하지 않았다.

나는 다짜고짜 술과 담배를 주문하는 지현에 깜짝 놀랐지만 아무렇지 않은 척 웃고만 있었다. 뭐, 이런 자리는 늘 해왔다는 듯이. 친구 한 명이 담배를 물자 다른 친구들도 제각각 자기 담배 를 꺼내 물었다. 그러고는 나를 향해 물었다.

"야, 너도 하지?"

그녀는 담배 한 개비를 권했다. 쿵쾅쿵쾅 수고롭게 심장이 마구 나댄다. 하지만 애써 여기까지 왔는데 이들 사이에서 애 취급을 당할 순 없었다. 별거 아니라고 생각하기도 했고. 나는 피식 웃으며 담배를 낚아챘다. 서서히 허세가 이성을 지배해가고 있었다.

"당연하지."

잽싸게 담배를 물었고 지현이 불을 붙여주었다. 어른들 어깨 너머로 본 영화나 드라마 속에 나올 법한 장면에 친구와 선배들이 휘파람을 불었다. 사실 그 자리에 커플은 우리 둘뿐이어서 짓궂은 반응도 섞여 있었다.

"우우~~~ 담배 불붙여주는 거 응하면 같이 날 새기로 약속하는 거야!"

누군가 말했고 다들 맞장구를 쳤다. 처음 듣는 소리였지만 알아들은 척 미소를 지으려던 순간, 눈치 없는 기침이 터져나왔다. 나보다 놀란 건 친구들이었다.

"뭐야?"

"와, 애 좀 봐라."

"하하하하하하하."

잠깐의 정적 후 모두가 나를 비웃었다. 오기가 생긴 나는 다시 한번 힘껏 연기를 마셨지만, 목이 매워 재빠르게 뱉어야 했다. 방금보다는 그럴듯한 모습이었을 터였다. 그러나 노련한 그들을 속일 수는 없었다.

"이 녀석, 너 입담배잖아."

또다시 '입담배'라는 알 수 없는 말을 하더니 자기들끼리 키득거리며 한심한 듯이 날 바라보았다. 그렇게 나의 아이다움이 들통나려는 순간이었다. 아 망했구나.

"야야… 우리 한잔하자! 원샷!"

그때 구세주처럼 남자친구가 끼어들었다. 지현이가 한잔하자며 외치자 다들 500cc 잔을 높이 들었다. 처음 맛보는 맥주인 것을 숨기고 한 모금을 꿀꺽 삼켜보았다. 생각보다 쓰지 않았다. 아무래도 그때부터 타고난 술꾼이었나보다. 중년이 된 지금도 술 없이 못 살고 있으니. 담배는 힘들었지만 이건 해볼 만하다 싶어 한 잔을 내리 마셨다. 빈 잔을 바닥에 쾅 하고 내려놓자, 남자친구는 무척 마음에 든다는 듯이 말했다.

"야! 너 술 세다. 안주도 먹어."

그러고는 어깨를 감싸면서 다른 한 손으로 땅콩을 입에 넣어주었다. 남자친구의 반응에 신이 나서 껍질이 벗겨진 땅콩 두 개를 씹어 삼키기도 전에 외쳤다.

"한 잔 더!"

제법 어른스러웠나? 이런 나, 참 멋지다. 이게 1995년 5월 4일 기억의 마지막이다.

"…정신이 들어?"

어느 순간, 갑작스럽게 영숙이가 주스를 건넨다. 깜짝 놀란 내가 물었다.

"뭐야. 영숙아, 여기 어디야?"

어이없어하는 표정으로 영숙이가 대답한다.

"우리집이야. 어제 기억 안 나? 화장실 간다던 애가 안 와서 지현이가 문까지 부수고 들어갔는데, 너 거기 쓰러져 있었어. 네 주소를 몰라서 우리집까지 지현이가 업고 왔어."

이럴 수가!

당시 우리 아버지는 여러 가지 통금 시간을 비롯해 엄격한 규칙들을 세워두셨기 때문에 외박은 있을 수 없는 일이었다. 그나마 공휴일이라 학교에 가지 않는 날이었기에 망정이었다. 서둘러 짐을 챙겨 집으로 돌아갔다. 체육대회가 끝나고 영숙이네서 놀다가 너무 피곤해서 잠들었다고 거짓말을 했는데, 의외로 부모님은 별말씀 없이 넘어가셨다. 나의 첫 외박은 그렇게 이루어졌다. 그날 저녁 지현에게서 전화가 왔다.

"귀엽더라. 한 잔 먹고 쓰러지냐?"

무척이나 부끄러웠지만 날 귀엽게 봐주는 남자친구가 있으니 괜찮았다. 오히려 난리는 학교에서 났다. 남자친구가 영숙이 집까지 날 업고 갔다는 전설 같은 이야기가 이제껏 무대 뒤 엑스트라였던 날 주인공으로 만들어준 거다. 친구들은 모두 날 부러워했고 남자친구가 멋있다는 둥, 내 거였음 좋겠다는 둥 호들갑을 떨었다. 사랑은 지구의 계절과 인간의 계절을 철저하게 분리해냈다. 겨울이어도 나의 마음은 봄이었고, 봄이어도 봄이었고, 여름이어도 봄이었으며, 가을이어도 봄이었다.

그리고 5월 14일, 키스데이. 예정대로 지현이와 그의 친구 경수, 나와 날 집에 데려간 영숙이까지 넷이서 밥을 먹고 노래방으로 갔다. 이 약속이 잡히기 며칠 전, 나의 연애사에 부쩍 관심이 많아진 영숙이 물었다.

"키스데이잖아, 걔랑 키스할 거야?"

학교에서 '연애' 카테고리에 속해 온몸으로 쏟아지는 관심을 받은 나였지만 사실 고민이 많았다. 키스데이는 다가오는데, 키스 이력이 전혀 없었으니까. 이 잘나가는 친구들이 첫 키스도 안 해본 나의 실체를 알게 된다면 또 끼워주지 않겠지. 그래서 결국 다른 고등학교에 다니는 친한 친구 주원이에게 물어보았다.

"입을 맞추는데 코는 어떻게 해? 코가 닿잖아. 그냥 입을 대고 있으면 되는 거야?"

주원이가 코웃음을 치며 답했다.

"뭔 소리를 하는 거야. 혀를 써야지. 일단 집어넣어!"

충격적인 대답에 나는 할말을 잃었다. '아, 더럽게.' 나도 모르게 중얼거렸다.

신빙성이 있는지 모를 조언이 머릿속을 맴도는 와중에 어느새 노래방 안 가득 김건모의 〈잘못된 만남〉이 흐르고 있었다. 영숙이가 갑자기 내 귀에 대고 속삭였다.

"키스해."

영숙이는 응원인지 주문인지 모를 그 한마디만 남긴 채 경수까지 데리고 나가버렸고, 지현이는 이미 예정되어 있던 수순이라는 듯이 내게 키스했다. 머리로는 여전히 더럽다는 생각이 들었지만 가슴은 미친 듯이 뛰었다.

그날 이후로 하루이틀이 지나도 그 순간만 생각하면 귀가 멍해지면서 가슴 한가운데서부터 정수리까지 닭살 같은 게 돋았다. 아니 소름이라고 해야 할까. 그렇게 첫 키스까지 해내고 나니, 짝사랑만 해오던 내게도 진짜 연애 경험이 생기는구나 싶었다.

돌아오는 토요일, 동네의 또다른 지하 카페에서 2시쯤 지현이를 만나기로 했다. 언제 왔는지 이미 경수를 비롯한 한 무리의 친구들과 앉아 있었다. 나는 반갑게 웃으며 인사했다.

"와 있었네?"

그러자 지현이 내 쪽으로 성큼성큼 걸어와서 다짜고짜 키스했다. 마냥 좋았다. 이런 장면, 외화 시리즈에서 많이 봤다. 그런데 키스를 마친 지현이 뒤로 한걸음 물러나더니 내게 말했다.

"방금 한 게 뭔 줄 알아? 이별 키스야. 영숙이한테 다 들었어. 너 걸레라며? 이 남자 저 남자 만나고 다닌다고. 키스는 사귀고 한 번, 이별하기 전에 한 번 이렇게 두 번 한댔지? 우리 이제 끝내자."

알고 보니 나를 집에 재워줬던 영숙이가 지현이에게 내 험담을 했던 거다. 그 일이 있고 지현이와 영숙이는 사귀기 시작했고. 노래방에서의 첫 키스는 이별 키스를 위한 과정이었다. 〈잘못된 만남〉의 반주가 저 멀리서 들려오는 듯했다.

나는 억울했다. 영숙이는 남자랑 잠도 자보았다고 자랑하던 아이였다고! 걸레는 내가 아니야! 난 네가 첫 키스라고! 말하고 싶었지만, 사실을 확인하지도 않고 남의 말에 흔들리는 남자는 나 역시 싫었으므로 아웃이다! 꺼져줄게, 잘 살아. 1995년, 18세,

세 치 혀로 사랑을 하고 세 치 혀 때문에 사랑을 잃다. 정신 차리고 살아야지 싶어 가까운 미용실로 향했다.

"누가 봐도 저를 몰라보게 확 잘라주세요."

생애 처음 숏커트를 했다. 긴 머리가 훨씬 잘 받는 편이었지만 그런 노력을 하고 싶지도 않아졌다. 애초에 처음부터 아주 촌스러웠다면 잘난 무리에 섞인다는 헛된 희망도 가지지 않았을 것이므로. 이 '어설프게 귀엽고 어설프게 깜찍한 외모'가 지겨웠다. 다 잘라버릴 테다.

하지만 사랑이라는 게 왜 머리로는 잘라내지는데 가슴으론 힘든 건지, 소식을 듣고 찾아온 주원이는 "김건모의 〈잘못된 만남〉 속 주인공이 바로 너"라며 날 위로했다. 그러곤 곧바로 기분전환을 하자며 나를 이끌었다. 바짝 달라붙은 하얀 티에 하얀 바지를 입고 거울을 보며 혼자 '이렇게 깨끗한 걸레가 어딨냐' 피식 웃으며 못다 한 앙금을 풀어냈다.

우리는 대낮부터 그 당시 유행하던 소주방으로 향했다. 생애 두번째 술자리였다. 유관순 열사는 같은 나이에 독립운동을 했건만 나는 태극기 대신 소주잔을 들었다. 정신을 못 차린 거다. 술, 담배, 키스, 그리고 이번엔 '실연당한 여자 어른 코스프레'였다.

처음은 아니라고 익숙한 듯 주문을 했다.

"체리 소주랑 어묵탕 하나 주세요."

한 병을 마시고 두 병을 마시고, 흐르는 눈물이 주체가 안 되었다. 그런데 그 와중에 슬퍼하는 나 자신을 비련의 여주인공이 된 것처럼 생각하는 스스로가 있었다. 그게 사랑이었을 리가, 그저 깎여나간 자존심이었을 거다. 꿀꿀한 기분과 상황을 빌려 술이나 마시고 싶었을지도 모른다….

"어? 언니, 나 왜 여기 있어?"

또다시 깨어보니 집이다. 벌써 두번째 경험이지만 어쩐지 이번에는 가슴 한구석이 서늘하다. 잠옷을 입은 기억이 없는데 말끔하게 잠옷을 입은 채 침대에서 깨어났다. 내 머리카락에서 향긋한 샴푸 향도 느껴졌다.

"넌 술을 얼마나 마신 거야?"

언니가 몹시 걱정되는 눈빛으로 따뜻한 물을 건네며 물었다. 술을 얼마나 마셨는지는 기억나지 않았을뿐더러, 일단 그보다 훨씬 급한 의문점이 있었다. 엄청나게 무서운 나의 부모님들이 도대체 왜 조용히 날 용서해주셨는가.

"언니, 나 술 마신 거 부모님이 아셔? 근데 왜 날 안 혼내?"

당시 대학생이었던 언니였지만 이런 경우는 처음이라는 듯, 어딘가 지친 목소리로 말해준 어젯밤의 내용은 충격 그 자체였다.

"기억 안 나? 너 이미 어제 욕실에서 바가지로 죽어라 맞았어. 경찰한테 전화도 왔어. 주원이가 공중전화 찾으러 간 사이에, 시내에 웬 여자애가 피범벅이 되어 쓰러진 걸 사람들이 신고했댄다. 경찰서로 엄마랑 내가 너 데리러 갔잖아. 하얀 옷에 붉은 것이 피인 줄 알았는데, 체리 소주 오바이트한 거였더라. 데리고 와서 옷 다 벗기고 욕조에서 엄마가 찬물을 계속 부었어. 술 깨라고, '미친년아, 아이고, 이 미친년아' 하면서. 넌 '엄마 추워요. 엄마 추워요. 외로운디요. 외로운디요' 이러고 계속 울고. 그렇게 엄마랑 내가 너를 씻겼지. 막내는 충격받았는지 계속 '작은 누나 미쳤다, 작은 누나 미쳤다' 이러고."

30년이 지난 지금도, 사실 이날의 기억은 나질 않는다. 그때 하얀 티와 하얀 바지에 게워낸 건 체리 소주뿐만이 아니었을 것이다. 그것은 첫 키스의 아픈 추억과 친구의 배신, 그리고 열여덟 인생이 처음 맞는 흑역사의 상처도 함께였다.

시작해볼까요, 모텔

　　원룸 임대를 작게 운영하던 우리 부부는 수입의 한계를 느끼면서 사업 확장을 꿈꾸고 있었다. 그날도 여전히 지역신문 '교차로'를 뒤적이던 나의 남편 만두(만두라 불리게 된 이유는 뒤에 나온다)는 시세보다 싸게 나온 번화가의 모텔 건물을 발견했다. 그러고는 원룸을 처분하고 대출을 더 받아서 이 건물을 매입하는 게 어떨지 물었다. 그러면서 느낌이 왔다고, 이 건물이 벌써 내 것 같다며 너스레를 떨었다. 우리가 건물주가 된다고? 계산기를 툭툭 두드려보니 은행 이자를 내고도 차액이 상당할 것으로 예상되었다. 우리는 발 빠르게 국민은행, 농협 등을 돌며 대출상담을 받고 수월하게 모텔을 매입했다. 다행히 신용도가 최상이라 이자가 높지 않았다. 만두는 웃으며 말했다.

"거봐, 이 건물 내 거 맞지? 될 것들은 이렇게 일이 술술 풀린다니까."

그렇게 몇 년간 건물주 놀이를 하던 어느 날, 우리 건물 임차인인 모텔 운영자 김씨에게서 전화가 왔다.

"저 여기서 벌 만큼 벌었습니다. 앞으로 여수가 전망이 더 좋으니 무리를 해서라도 여수로 가려고 합니다."

김씨는 객실 서른다섯 개짜리 모텔의 인수자를 찾기로 했다. 그리고 우린 큰 결심을 했다. 이 모텔을 인수해 직접 운영해보기로 마음먹은 것이다. 우리 건물이라면 임대료가 나갈 것도 없으니 직접 운영하면 수입은 배가 될 것이리라!

모든 직장인이 그렇듯, 우리 역시 사업가의 꿈을 꾸었던 적이 있다. 사실 사업가라기보단 그저 '사장님' 소리가 듣고 싶었는지도 모른다. 단 이틀에 걸쳐 김씨에게 모텔 운영을 인수인계받았다(지금 생각해보면 이 큰 모텔을 운영하는 방법을 이틀 만에 전수받다니, 서로 날로 먹자는 심산이 분명했다).

그가 알려준 모텔 운영의 기본 원칙은 이러했다.

제1원칙, 어차피 매일 서른다섯 개의 방이 모두 팔리지 않으니, 난방비나 전기세를 아끼기 위해 한 층 정도는 비워라.

예를 들어 201호, 503호, 702호 이렇게 되는 대로 파는 게 아니라 201호, 202호, 203호 이렇게 같은 층으로 몰아서 판매하라는 거다. 그리고 7층 전체는 비운다거나 6층 전체는 달방으로 돌리는 식. 마구잡이로 방을 팔아서 운영하지 말란 뜻이다.

제2원칙, 달방 이외에 그날그날 버는 숙박 및 대실료를 생활비로 써라.

'달방'이란 한 달 단위로 장기 투숙하는 방을 말한다. 원래 하루 방값이 4만 원이니 한 달이면 숙박료는 120만 원이 된다. 그러나 달방을 계약하면 청소나 침구류 교체, 음료를 매일 제공하지 않는 대신 1/3 정도의 금액인(달방의 할인율은 숙소와 방마다 다르다) 40만 원만 내면 된다. 할인 폭이 크기 때문에 장기 출장을 온 고객들이 많이 이용한다. 그렇게 달방을 10개~15개 정도 받으면 매달 400만 원에서 600만 원 정도의 목돈이 한꺼번에 들어오게 되고, 그 금액으로 모텔 유지비 그러니까 청소 이모님의 월급과 전기세나 수도세 등 각종 세금 그리고 세탁비 같은 잡비를 충당할 수 있다. 더욱이 달방은 청소를 매일 하지 않으므로 청소 인력을 아낄 수 있다.

제3원칙, 모텔은 친절과 청결이 가장 중요하다.

당연한 말씀. 그래서 우리는 원년 멤버였던 청소 이모님께 객실 청소법을 보다 신경써 배우기로 했다. 하지만 그 과정에서 우리가 가장 경악했던 것이 있다. …투숙객들은 잠시 심호흡을 하시길 바란다. 모텔에서 걸레와 수건은 자웅동체다. 말인즉 걸레와 수건의 경계가 없다는 것이다. '청결이 중요하다'더니, 얼마나 큰 모순인지.

손님이 쓰고 간 수건으로 바닥이나 유리창을 닦는 것은 시작에 불과했다. 청소 이모님께서는 사용한 수건으로 화장실에 있는 양치 컵 내부를 닦으셨다. 그것도 변기 뚜껑의 물기를 닦은 후에 말이다. 변기 뚜껑이 우선인지 양치 컵이 우선인지는 알 수 없다. '우선순위 영단어'처럼 순서가 정해진 것도 아니다. 여기 '우선순위 모텔 청소'에서는 최대한 빠르게 건식으로 만드는 게 정답인 것이다. 물기가 없는 건식 화장실을 손님들은 깨끗하며 청소가 잘 되었다고 착각하므로.

물론 모든 숙박업소가 그런 것은 아닐 테다. 다만 통상적으로 청소 이모님께 청소하는 법을 인수인계받을 때 그렇게 교육하고 교육받는다. 언젠가 TV 코미디 프로그램에서, 미워하는 사람의 집에 가서 화장실에 꽂혀 있는 칫솔로 변기 안쪽을 닦고는 몰래 다시 꽂아두는 모습이 떠오르는 건 어쩔 수 없다. 그것을 모텔 운영자가 묵인하는 것은, 수건과 걸레를 하나로 쓰는 것이 시간과 비용 면에서 절약이 되기 때문이다.

하지만 우리가 모텔을 인수한 후로는 가게의 걸레와 수건을 철저하게 분리했다. 걸레는 세탁실에서 자체적으로 세탁하고, 수건은 세탁업체에 맡겼다. 다만 여행을 좋아하는 나는 숙박업을 운영하기 시작하면서 수건만큼은 개인 수건으로 챙겨 다닌다. 아, 종이컵이나 텀블러를 가지고 다니는 것 또한 잊지 않는다. 다시 한번 강조하지만 우리 가게는 걱정 마시라!

우리 모텔 건물에서만 10년 넘게 일해주시는 베테랑 청소 이모님은 오전 9시부터 출근해 청소 업무를 시작하신다. 보통 이모님이 하루에 소화할 수 있는 작업량은 객실 열다섯 개로, 그 이상이 넘어가면 일용직 근로자를 한 분 더 고용해야 한다. 주말이나 공휴일 전날, 휴가철 성수기 역시 한 분이 더 필요하다. 그리고 월매출 1,500~2,000만 원 규모인 모텔에서는 청소 이모님들께서 낮 시간대의 대실 손님 응대와 청소도 도맡아 한다. 평일 낮에는 대실이 한두 개밖에 안 되기 때문에 객실 키를 건네주는 정도의 응대는 혼자서도 충분하기 때문이다. 오후 6시쯤에는 퇴근하시는데, 아주 바쁜 날이라 퇴근이 늦어지면 추가 비용을 지급한다.

그럼 주인인 우리 부부가 할 일은 무엇이냐. 오후 5시 정도에 나와서 청소된 객실을 점검하고 손님 응대를 준비하는 것이다. 흠, 오늘의 대실 예약은 두 건이다. 통상 모텔은 오후 8시에는 대실을 마감하기에 업체 입장에서 7시까지가 가장 바쁜 시간이다.

오후 7시, 손님 입실이 어느 정도 끝났다. 만두가 나에게 묻는다.

"뭐 먹을까? 닭발이랑 달걀말이?"

좋아하는 매운 닭발을 먹을 생각에 벌써 입안에 침이 고인다. 나는 견딜 수 없다는 듯 기쁜 목소리로 대답한다.

"콜! 맥주 사올게! 난 기네스고, 당신은 버드?"

밤 12시, 프런트에서 이불을 편다. 곧 프런트 불이 꺼진다. 어차피 새벽에 손님이 한두 팀 오면 키를 건네야 해서 단잠은 잘 수 없지만, 이 정도면 '꿀보직'이다.

또다시 오전 9시, 청소 이모님이 오시면 만두와 나는 찌뿌둥한 몸을 한껏 늘리며 퇴근한다.

"오늘 뭐 하고 놀지?"

밤낮이 뒤바뀐 일상이지만, 여기저기 사장님 사모님 소리도 듣고 회사 다니던 시절보다 시간도 많다. 지금 우리는 행복하다.

제주-재주-죄주
: 모텔 사장이 자리를 비우면 큰일난다

초고를 쓸 때 한 번 핑계를 대었지만, 이번에는 퇴고를 한다는 핑계로 제주 일정을 잡았다. 제주에 가서 재주 좀 부리자 싶었다. 사실 모텔의 주간 직원이 그만둔 터라, 12시간의 프런트 업무를 만두와 내가 나누어 하던 때였다. 4박 5일간 만두 혼자 매일 12시간 근무를 하게 만드는 점이 몹시 미안했지만 글을 잘 써서 보답하면 될 거라 생각했다. 제주도 일정은 9월 12일~16일이었다.

9월 12일 6:00 AM

해야 할 일: 세탁하기/ 갈비찜 만들기, 달걀과 고구마 삶기/ 청소기 돌리기

원래는 야심차게 이 목록을 해치우고, 오전 9시 30분에 공항으로 출발해 오전 10시 50분 제주행 비행기를 탈 계획이었다. 그런데 프런트를 보고 있을 만두에게서 전화가 온다.

"큰일났다. 세탁업체가 추석 연휴 이틀이나 쉬는 바람에 이불 커버가 없어! 지금 방을 만들어야 하는데 세탁물들이 하나도 없어. 침대랑 이불 커버, 베개 커버, 수건, 가운…. 하여튼 당신, 세탁소에 가서 이불 커버랑 세탁물 실어다 가게(모텔)에 가져다주고 가야 할 것 같아."

전용 세탁실이 따로 있는 대규모 호텔이 아닌 모텔들은 보통 전문 세탁업체에 세탁물을 맡긴다. 수건은 자체적으로 해결한다 해도, 이불 커버는 세탁과 건조에 시간이 많이 걸리고 기계식 다림질을 하지 않으면 멋도 나지 않기에 한계가 있다. 그런데 제일 바쁜 연휴 기간에 세탁소가 문을 닫아 재고가 부족해진 거다.

하지만 내가 누구인가, 이렇게 정신없을 걸 알고 전날에 미리 코인빨래방에서 이불 커버를 제외한 나머지 침구류 세탁을 해두었다. 이것 때문에 비행 전날, 아침부터 밤 9시가 다 되도록 꼬박 가게에 얽매여 있었다. 그런데도 세탁물이 부족하다는 연락이 오다니! 간만에 예쁘게 단장하고 출발하려 했는데… 완벽하게 집안일을 마무리해놓고 가려고 했는데… 계속되는 야근에 못한 일들은 오늘 아침 일찍 해두고 가려 했는데! 결국 머리도 말리지 못하고 이 방에서 저 방으로, 거실에서 침실로 방방 뛰어다니며 집안일을 마무리했다.

9월 12일 09:00 AM

이제는 혼자 재빠르게 움직여도 모자랄 시간이다. 다행히 이날은 부모님께서 공항까지 데려다주겠다고 집으로 와주신 상태였다. 부랴부랴 아버지를 채근해 업체로 향하고, 세탁물을 싣고자 아버지의 자동차 트렁크를 개방했다. 그런데 낚시광인 아버지의 트렁크에는 낚시 도구가 한가득 실려 있었다. 터져나오는 한숨을 간신히 삼키며 세탁업체 사장님과 함께 순서대로 수건부터 가운, 베개 커버와 침대 커버까지 실었다. 그다음 이어서 이불 커버 여섯 장까지 겨우 싣고 나니 더이상 트렁크에 자리가 없었다. 난처해하는 내게 사장님이 말씀하셨다.

"일단 이거만 실을게요! 오늘 12시 안에 한번 더 가져다드리고요."

할 수 없이 그 말씀을 믿었다. 아버지의 차는 세탁물을 한가득 싣고 가게로 달려갔다. 날씨라도 맑았으면 좋으련만, 무슨 비는 또 이리도 많이 오는지. 정신없이 가게에 짐을 내리고 잘 다녀오라는 만두의 인사를 끝으로 공항으로 출발했다. 가는 내내 불안한 마음이 컸지만, 그래 얼마나 잘되려고 이러나 하는 생각으로 스스로를 달랬다.

9월 12일 10:45 AM

탑승 직전 전화벨이 또 울렸다.

"이불 커버를 왜 달랑 여섯 장만 가져왔어? 왜 필요 없는 깃들만 잔뜩 가져온 거야?!"

만두가 상기된 목소리로 다그쳤다.

"그… 일단 세탁소 사장님께서 12시 전에 더 실어다준다고 했어."

내가 대답하자 만두는 더 큰 목소리로 묻는다.

"12시에는 확실히 온대? 다른 거는 다 있는데 이불 커버가 없어…. 오늘 대실을 막아야 하나?"

"내가 다시 세탁소에 전화해볼까?"

"아니야, 자꾸 전화하면 짜증낼 테니까… 거기서 확실히 이불 커버 실어준다 했어?"

횡설수설하는 걸 보니 만두가 화가 많이 났지 싶다. 혼자 놀러 가는(나름 일하러 가는 거였지만) 판국에 심부름 실수를 낸 나는 쫄

면처럼 쪼그라들었다.

"'이 정도면 되겠소! 12시 안에 또 갈 거요' 하던데?"

그러자 결국 만두가 펑 터지고 만다.

"그러니까! 가져다준다는 게 이불 커버라고 하셨냐고! 아침부터 이불 커버라고 말했는데. 다른 거 다 필요 없고 이불 커버만 필요했는데(아니 분명 온갖 게 다 없다고 말했잖아!). 일단 오전에 쓸 거만 코인빨래방에서 돌려야겠다. 그 와중에 705호 문까지 고장 났어."

세상에, 문고리 고장이라니!

이 틈에 잠시 설명하자면, 모텔에서는 '룸 컨디션'이라는 이름 아래 신경쓸 것이 한두 개가 아니다.

우선 모텔로 들어서는 외부 주차장에서부터 1층 로비 조명과 음악 그리고 커피자판기, 팝콘제조기의 상태를 체크해야 한다. 고객이 객실 키를 받고 방으로 가면 도어록부터 커피포트, 컴퓨터, TV, 에어컨, 냉장고, 드라이어, 매직기, 전자레인지, 스타일러, 전화기 같은 전자기기가 제대로 작동되어야 한다. 객실 온도, 소음, 청결, 소방, 방역 수칙은 모두 준수해야 하고, 생수와 음료, 침대 매트리스, 옷걸이 등 각종 어메니티가 구비되어 있어야 한다. 요즘은 인터넷, 와이파이는 물론, 넷플릭스나 디즈니플러스

같은 OTT 서비스도 필수다. 이 중에서 단 하나의 고장만으로 모텔 주인은 방을 환불 처리해주거나 교환해주어야 한다.

수리업체 역시 휴무일일 테니, 문고리는 만두가 직접 고쳐야 할 거다. 하지만 관리인이 한 명인 상황에서 고장난 것을 고치다 보면 그 외 손님 응대와 예약 관리, CCTV 확인 등 모든 업무가 중단된다. 그래서 다른 한 사람이 그 일을 도맡아 해주는데, 그 한 사람인 내가 그곳에 없었다…. 화가 머리끝까지 난 만두의 하소연이 계속되었다. 하지만 탑승구 앞에서 난감한 것은 나도 마찬가지. 기어들어가는 목소리로 말했다.

"진짜 미안한데, 나 이제 탑승 좀…."

겨우겨우 달래 전화를 끊고 탑승 수속을 했다. 하늘을 나는 내내 터져버린 만두 속이 걱정됐다.

9월 12일 12:02 PM

찝찝한 마음으로 제주공항에 도착해서 출국장 게이트를 나선 시각은 오후 12시 2분. 전화벨이 또 울린다. 잘 도착했냐고, 여기 일은 잘 해결되었다고, 너도 잘하고 오라고 할 줄 알았으나…

"당 장 제 주 에 서 돌 아 와! 혼 자 서 는 못 해 먹 겠 다!"

…만두는 오늘 모텔 문을 닫거나 당장 모텔을 팔아버릴 기세

였다. 제주도 렌터카 픽업 시간은 오후 12시였다. 이미 지나버린 픽업 시간에 서둘러 횡단보도를 건너가던 나는, 파란불에 맞춰 다시 공항으로 몸을 돌렸다. 본능적으로 돌아가야 한다는 예감이 들었기 때문이다. 사람들과 역방향으로 걷는 내 모습이 마치 산란기를 맞아 알을 낳기 위해 고향으로 거슬러올라가는 연어처럼 보인다. 일단 만두를 진정시키자. 침착하게 통화를 시도했다.

"지금 막 제주도 도착했어. 온라인에서는 당일 비행기 예약 안 뜨니까, 돌아가는 편 다시 공항에 알아볼게."

나에겐 특이점이 있다. 상대가 화를 내거나 눈물을 흘리면 버튼을 누르듯 순식간에 모든 것을 '일시정지'시킨다. 그리고 무엇이 저 사람을 저토록 화나게 했을까? 그래. 화날 만하겠다며 관찰자로서 일정한 거리를 두고 상황을 살핀다. 그래서 내 주위에는 싸움이랄 것이 거의 없다. 내 쪽에서 언성을 높이는 것 자체가 드물다. 물론 처음부터 이랬던 건 아니고, 그냥 살다보니까 그리 되었다. 일명 흔하디흔한 평화주의자. 모텔에는 술 취한 진상 고객이 지뢰찾기 게임처럼 사방에 깔렸다. 평화주의자, 모텔 운영자로서는 최고의 성격 아닐까?

다른 생각은 여기까지만 하고, 이날 또한 고래고래 소리지르는 만두를 침착하게 응대했다.

"그냥 거기 있다 와!!!"

성이 난 만두가 말하지만, 만두는 화가 나면 '내일부터 가게 나오지 마'라며 반어법을 쓰곤 한다. 나는 잘 알고 있다. 이 말은 '내가 많이 힘들고 지치니까 당신이 조금 도와주면 좋겠어'라는 뜻임을.

"엄마라도 보낼까?"

나는 슬며시 엄마라는 카드를 들이밀었다. 나는 갈 수 없으니, 장모님을 보낼게. 장모님한테는 짜증 못 내겠지?

"이 기분에, 이 상황에… 장모님을 보내겠다고?"

하지만 만두는 속지 않는다. 그럼 어떻게 해야 할까. 정주영 회장이 그랬다. 전쟁만 아니면 해결 못할 게 없다고, 한 번 해서 안 되면 두 번 하면 되고, 두 번이 안 되면 세 번, 네 번 계속하면 된다고. 그러면 뭐든 할 수 있다. 가슴에 그 말을 품고 사는 나이니, 침착하게 이 사태를 해결할 수 있으리라. 이를 악물고 다시 한번 대화를 시도한다. 내가 무슨 죄를 지었길래 이렇게 벌을 주는가.

"오빠, 내가 어떻게 해줘, 오라는 거야? 아니면 어떤 뜻이야? 다시 가려면 나 얼른 취소해야 할 게 많아."

이 말에 결국 만두는 져주는 척 일정대로 하라고 답했다. 그렇게 몇 마디를 더 주고받고, 어영부영 숙소에 도착했다.

9월 12일 8:15 PM

이 기분으로 무슨 글을 쓰지? 오후 8시가 넘어 만두에게 퇴근했냐고 물으니 답이 왔다.

"이번엔 코인빨래방에 가스가 없어서, 가스 갈아끼우러 간다. 오늘 왜 이러냐…"

코인빨래방은 우리 모텔 주차장 한편에 위치하고 있다. 모텔 운영에 필요한 빨래도 하고, 출장 손님들도 이용하게끔 주차장이었던 공간을 조금 잘라내 만들었다.

모텔과 우리집은 지역 내 끝과 끝에 있다. 만두가 퇴근하고 집에 왔는데, 빨래방 가스가 똑 떨어졌다는 소식에 다시 나가게 된 거였다. 8시가 넘도록 아무것도 먹지 못해서 지치고 배고팠을 만두. 모텔에 이어 빨래방까지 말썽을 부리는구나. 같은 육지에만 있었어도 어찌 일정을 취소하고 되돌아갔을 텐데. 실은 당장이라도 돌아가고 싶었다. 이렇게 불편한 마음일 바에야!

9월 13일 7:03 AM

또 전화가 온다. 이제 전화벨만 울려도 가슴이 두근거린다.

"큰일났다. 야간 직원이 초상을 당해서 3일간 쉰대."

갑작스런 야간 직원의 사정에 만두만 어리둥절하다.

모텔은 24시간 영업을 기본으로 한다. 그래서 12시간씩, 혹은 24시간씩 직원들이 교대 근무를 하는 시스템으로 운영된다. 우리 모텔 역시 주간 직원과 야간 직원이 있었지만, 주간 직원이 그만두면서 그 자리를 만두와 내가 채우고 있었다. 주간 12시간을 반으로 쪼개어 6시간은 만두가, 나머지 6시간은 내가 근무했다. 그러다 이렇게 야간 직원이 쉬는 날에는 만두가 12시간 야간 근무를 서고, 내가 12시간 주간 근무를 해야 한다.

그러나 지금 거기엔 만두 혼자다. 이 정도면 하늘이 나를 제주에서 내보내려는 듯싶지만, 이제는 나도 오기가 생겼다. 혹시나 하고 가끔 일을 도와주는 마음씨 착한 다정이에게 연락해보았다. 그녀는 1년 정도 모텔에 근무했던 직원이다. 주간에는 본부장을 꿈꾸며 '애터미'를 운영하고 야간에는 모텔에서 프런트 업무를 보았던 성실한 그녀. 생활력이 참 대단한 친구였다. 지금은 성공해서 서울로 근무지를 옮겼지만 직업 특성상 자유롭게 시간을 조정할 수 있었기에 고맙게도 다정이는 3일간 야간 프런트를 봐주기로 했다. 해결되었다. 정주영 회장님이 말하는 듯했다. "거봐요. 안 될 일 없지요?"

9월 14일 00:00 AM

그러나 그것은 나의 오만한 확신. 그다음날에는 청소팀 두 명이 휴가를 냈다. 우리 모텔의 청소 팀은 오전 9시부터 오후 9시까지 근무를 하고 숙식을 제공받는다. 청소 팀이 쉬는 날이면 일용직 아주머니 두 분이 오시긴 하지만, 아주머니들은 오후 6시에 퇴근하기 때문에 그 이후로는 만두가 방 청소를 하고 내가 화장실 청소를 해야 한다. 그러나(또!) 내가 빠지면서 만두는 혼자 6시 이후의 모든 객실 청소를 해야 할 거다.

그런데 이곳 제주도도 상황이 만만치 않았다. 14호 태풍의 영향으로, 경쟁하듯 푸르던 바다와 하늘은 몸살을 앓고 숨어버렸다. 대신 못생기고 가엾은 바람과 품격을 잃은 빗줄기만이 호텔 창문을 향해 달려들었다. 하늘을 보고 투덜거렸다. '좀 웃어주면 안 돼?'

극강의 허기로 창작성을 불러모았다는 앙드레 지드. 지상의 양식을 흉내내기 위해 이틀간 삼각김밥과 편의점 전복죽이나 컵라면으로 끼니를 해결한 결과, 새벽부터 몸살 기운을 얻었다. 다른 이유일 수도 있겠지만. 일단 약을 먹었다. 열이 계속 오르지만 집에는 얘기할 입장이 아니었다. 이 시간에도 만두는 혼자 객실 화장실 바닥을 벅벅 닦고 있을 터였다.

제주도에 재주 부리러 왔는데 여기는 제주인가, 죄주인가? 무사히 일정을 마치고 돌아갈 수 있을까?

모텔을 운영하고 나서부터 나에겐 내 작업을 할 틈이 전혀 없었다. 단지 '자기만의 방'이 필요했을 뿐이었는데. 글을 쓰기 위한 나만의 방. 가게에 대한 글을 쓰기 위해 가게 생각은 잠시 접어두고 싶었을 뿐이었는데.

9월 15일 09:45 AM

다음날 아침 아들의 학교 담임 선생님으로부터 전화가 왔다. 이번엔 또 뭐냐….

"호야가 아직 학교에 오지 않았어요."

이번엔 아들이 9시 넘도록 등교하지 않았군. 아들 호야는 체육을 전공해 기숙사 생활을 하다가, 선수 대신 체육 교사를 꿈꾸며 고향으로 돌아왔다. 그런 그에게 공부하는 것이 힘들지 않느냐고 묻자 "엄마, 아령보단 연필이 가벼워요" 하는 녀석이다. 원래 혼자 잘 일어나는 아이인데 엄마와 아빠 없이 혼자 깨야 한다는 부담에 너무 일찍 일어났고, 잠시 졸다가 결국 깊이 잠이 들었던 모양이다. 미안하다, 호야. 하지만 별일 아니라 다행이라고 생각하는 엄마를 용서해주렴.

부부싸움, 비와 태풍, 문고리 고장과 가스 부족, 예정에 없던 야간 직원 휴가 3일에 청소 팀 휴가 1일, 감기와 생리, 아이의 지각.

이건 해도 해도 너무하다. 4박 5일 중 4일 내내 하루건너 하루 터지는 사건 사고에 몸도 마음도 너덜너덜해진 나는 침대에 누워 펑펑 울었다. 그러나 잡초는 밟을수록 강해지는 법. 오직 결핍만이 저 깊은 곳에 내재된 상상력을 성장시킨다. 인스타그램에는 독서 여행을 한답시고 밝은 모습만 올렸더니, 사람들은 부럽다고들 하더라. 내가 웃는 게 웃는 게 아니야. 하지만 최악의 상황에서 웃는 자가 일류다. 이것이 모텔 주인이 자리를 비우면 생기는 일, 그리고 그가 살아남는 법이다.

모텔은 분위기죠

"이대로는 안 되겠어. 모텔이 2003년식이라 너무 낡았어. 아무리 깨끗하게 청소해도 티가 안 나!"

우리는 손님들에게 객실 키를 줄 때마다 무슨 큰 죄를 지은 것처럼 굽실거리곤 했는데, 이유인즉 시설이 워낙 낙후되었기 때문이었다.

"나 같으면 5,000원 더 주고 최신식 모텔에서 자겠다."

내가 만두에게 말했다. 우리 가게였지만 나조차 여기서 자고 싶진 않았다.

"나 같으면 만 원 더 주고 저렴한 호텔에서 자겠다."

만두가 한술 더 떠서 대답한다. 피식 웃고 말았지만, 주고받는 농담 속에 은연한 걱정이 짙었다. 우리 모텔의 객실은 일반실과 특실, 이렇게 두 가지로만 나뉘어 있었다. 일반실과 특실은 객실 사이즈의 차이와 스타일러 여부에 따라 나뉜다. 다인 투숙객이 묵을 경우 바닥에 침구 한 세트를 추가 제공한다. 평일 가격은 일반실이 3만 원, 특실이 4만 원이고, 주말은 일반실 5만 원, 특실이 6만 원이었다.

모텔 숙박료는 솔직히 부르는 게 값이라곤 하지만 어느 정도의 기준이 있다. 바로 인근 상권의 분위기와 주변 시세에 따라 가격이 정해지는 것이다. 예약 사이트에 접속해보면 굳이 사장님들끼리 공유하지 않아도 현재 시세를 알 수 있다. 그래서 만약 일반실 가격이 3만 5,000원에서 10만 원(지역축제가 있거나 연휴 때는 이만큼 오른다)일 때, 누군가 총대를 메고 5만 원을 시작가로 잡으면 업자들의 눈치작전이 시작된다. 슬쩍 4만 5,000원~5만 5,000원, 혹은 4만 원~6만 원으로 조정해보며 방문 수가 떨어지는지 유지되는지 확인하는 거다. 유지되면 그대로 매출 증진, 떨어지면 다시 재조정한다.

우리가 처음 인수하던 당시 주변 모텔의 시세는 3만 5,000원에서 4만 원 정도였다. 주변 모텔과 시세가 비슷한데 시설은 너무 뒤떨어졌으니, 우리부터 가게에 대한 자신이 없었다. 그래서 우리는 지인에게 견적을 받은 뒤 큰돈을 들여서 리모델링을 진행하기로 했다.

2018년 겨울, 추운 날이 유독 많았던 그 무렵 우리 모텔은 실내 인테리어가 한창이었다. 영업은 완전히 정지 상태. 인부들의 식사를 챙기는 건 친정엄마의 몫이었다. 닭볶음탕, 곰탕, 떡국, 갈치조림, 꽃게탕 등 5~6인분의 음식을 손수 나르는 것부터 시시때때로 따뜻한 차를 끓여다주셨던 엄마. (이 글을 쓰는 지금, 엄마를 생각하니 감사한 마음에 괜히 울컥한다. 이 기회에 감사하다고 말씀 올리고 싶다.)

이 리모델링에 만두도 큰 품을 들였다. 인력을 아끼기 위해 부상당하면서도 손수 잡일을 마다하지 않았다. 그럼에도 하루일과를 마치고 인부들과 마시는 소주가 몹시 달아서였는지, 아니면 멋지게 탈바꿈할 모텔의 미래가 눈에 선해서였는지 힘든 줄도 몰랐단다. 여러 사람의 노력 덕분에 입구부터 객실까지 모두 신식이 된 우리의 자신감은 하늘을 찔렀다. 그리하여 당당하게 숙박료를 인상하기로 했다. 일반실 5만 원, 특실 6만 원으로!

'이 정도 시설이면 이 정도는 받아야지.'

만두는 생각했다. 평일 일반실 5만 원이라는 가격은 주변의

54

가격 기준을 무시한 근거 없는 자신감에서 비롯했으리라. 앞에서 말한 것처럼 숙박료는 주변 시세에 맞추는 것이 일반적이지만, 중요한 지점은 따로 있었다. 모텔 시설이나 옵션을 주변과 비교하고, 수준이 비슷한 곳의 시세에 맞춰야 한다는 것이었다. 고객은 만 원이 아니라 단돈 천 원조차 크게 반응한다는 것을, 모텔 운영을 시작하고 한참 후에나 체감하게 되었다. 시설이 깨끗해진 것은 그저 기본적인 업그레이드였을 뿐, 옵션이 좋아진 것이 아니었다.

리모델링을 하고 한 달 정도는 바짝 손님이 있는가 싶었다. 돈방석이 이런 거구나, 웃음이 절로 났다. 그러나 그것도 잠시, 인테리어발과 오픈발이 동시에 떨어진 모텔에는 고상한 침묵만이 흘렀다. 급격하게 매출이 줄어들었고 남아도는 시간이 많아졌다. 여유로워졌지만 그것은 자발적인 자유와는 달랐다. 무사태평하게 여가 생활을 즐길 입장은 아니었다. 그것은 회사 생활할 때, 그러니까 월급쟁이 시절의 달콤한 한가함이나 느긋한 권태로움과는 천차만별이었다. 우리가 먹여 살려야 하는 식솔들이 몇 명인가? 우리에게 닥쳐온 무거운 자유를 털어내고 싶었다. 하지만 부득이하게 방문한 자유의 손아귀에서 빠져나갈 방법을 몰랐다.

이렇게 깨끗하게 청소하고 친절하게 응대하는데 무엇이 문제인 걸까? 인터넷 광고를 모집하는 대형 플랫폼에 모텔 사진과 함께 홍보 문구를 올려보기도 했다. 그러나 특별한 매출 증가는 없었다. 어떤 날은 방을 하루에 3개밖에 못 판 적도 있었다. 그때는 어이가 없어 헛웃음이 나왔다. 그간 교촌치킨, MK택시, 혼다자동차, 월마트, 코카콜라 등 온갖 기업의 성공 신화들을 다룬 자기계발서를 공부하며 장사에 대한 자신감으로 가득했지만, 이론과 실무는 너무 달랐다. 책에서 가르쳐준 것들은 성공 마인드나 리더의 가치관 같은 추상적이고 피상적인 것들이었으므로 한계가 있었다.

결국 우리는 불안해지기 시작했고, 만두는 자신감을 잃었다. 나는 덜컥 겁이 났다. 투자금은 우리의 순자산이 아니었다. 상당 부분 대출을 안고 진행했으므로 이대로 가다간 금세 무너질 것이었다. 하나가 오픈하면 하나가 망한다는 우리나라 자영업, 아무런 준비하지 않고 덜컥 시작한 탓일까. 돈을 많이 버는 날은 억만장자라도 된 듯 거만해졌고, 손님이 없어 매출이 적은 날은 이러다 죽겠구나 싶었다.

'아, 우리 망했나봐.'

생각을 지우려고 할수록 사실은 더욱더 선명해졌다.

그러던 어느 날, 젊은 부부가 함께 모텔 일을 해보자며 찾아왔
다. 공동 운영을 하거나 아예 자신들에게 이 모텔 건물을 임대해
달라는 것이었다. 우리는 한참을 고민했다. 만약 임대를 놓으면
월세 매출은, 적어도 리모델링 전 모텔 매출의 약 두 배인 천만
원 정도가 될 터였다. 하지만 기껏 돈 들여 리모델링한 가게를 그
대로 내놓으면 건물 관리가 제대로 되지 않을 것 같았다. 그리고
무엇보다 이렇게 사업을 접고 싶지는 않았다. 우리에게 필요한
것은 돌파구였지 비상구가 아니었다. 그래서 함께 운영하는 방향
을 택했다. 그렇게 우리는 영준, 영민 부부와 한배를 탔다.

원조 맛집 할머니처럼, 모텔 비법 대공개합니다

"신발도 사고 싶고, 가방도 사고 싶다. 당신이라면 신발을 살 거야, 가방을 살 거야? 난 다 사고 싶은데."

내 질문에 만두가 대답했다.

"음… 하나를 골라야겠지?"

우리 대화를 듣고 있던 영준이 대뜸 끼어들었다.

"돈을 더 벌어서 둘 다 사면 되잖아요!"

아! 맞구나, 조금 더 벌면 되지? 여기서 무슨 깨달음을 얻었나 싶겠지만, 우리 모텔을 성공시키기 위해 필요한 것은 저 사고방식이었다. 왜 그걸 고민했을까? 인건비나 전기·수도세, 각종 잡비 등 지출을 줄이기보다는 고객 유입을 높여서 수입을 늘리는 것! 나는 영준의 대답이 퍽 마음에 들었다. 방법은 하나였다. 가격을 낮추는 박리다매 모텔이 아니라, 벌이 꽃을 찾듯 투숙객이 찾아오는 곳으로 거듭나야 했다.

사람들은 예약 사이트에서 무엇을 보고 모텔을 고를까? 보통 사진과 평점, 그다음 후기다. (모텔 운영자로서 여기서 한 가지 팁을 주자면 주인장의 응대가 활발한지 여부도 좋은 기준점이다. 고객의 소리에 즉각 대답하는 숙소를 가라. 분명 친절한 곳이다!) 그렇다면 나의 모텔도 고객의 후기를 발판 삼아 조금씩 개선해나가야 했다.

처음에는 그냥 닥치는 대로 후기를 따라보았다. "침대 바닥이 너무 차가워요"라고 하면 다음날에 즉시 전 객실에 전기장판을 넣었고, "스타일러는 없나요?"라는 후기가 적힌 다음날에는 온라인 사이트를 뒤져 합리적인 가격으로 기기를 구매했다. "바닥에 머리카락이 있어요"라는 후기를 본 후에는 층마다 무선청소기를 비치하고, 객실을 점검하면서 직접 한 번씩 더 청소기로 미는 작업을 했다. 세스코 협력업체와 계약해 매월 정기 소독을 하게 된 것도, 넷플릭스나 디즈니플러스를 깔게 된 것도, 각층 입구에 제습기를 돌리는 것도, 금연실과 흡연실을 구분하고 공기청정기를 도입하게 된 것도… 모두 고객의 소리에서 시작된 서비스다. 지출이 많았지만, 유입이 늘어나면 다 메꿔질 터였다.

예전 같으면 그냥 듣거나 댓글이나 몇 줄 달고 말았을 고객의 소리에 적극적으로 응답하고 발로 뛰기 시작한 것은 동업자 부부가 강조한 실천 정신에서 비롯됐다고 해도 과언이 아니다.

"객실에 게이밍 컴퓨터가 있으면 좋지 않을까?"

'무엇을 해야 투숙객들이 좋아할까'에만 집중하니 아이디어가 미구 샘솟았다. 우리는 머리와 입술로만 해오던 객실 세분화를 진짜로 해나갔다.

	게이밍 컴퓨터	공기 청정기	OTT	스타일러
일반실 A	O	O	O	
일반실 B *	O	O	O	
트윈실	O	O	O	O
특실	O	O	O	O
커플 PC룸 **	O	O	O	

* '일반실'은 금연실과 흡연실로 나뉘는데, 금연실일 경우 넷플릭스와 더불어 디즈니플러스를 볼 수 있다. 흡연실은 넷플릭스만 제공된다.

** '커플 PC룸'은 게이밍 컴퓨터가 두 대 있는 곳으로, 둘이서 함께 게임을 할 수 있으면 좋겠다는 수요가 늘어서 만들었다.

	8층	직원휴게실 및 옥상
	7층	금연 객실
	6층	흡연 객실
	5층	
	3층	금연 객실
	2층	
주차장(발레파킹)	1층(로비)	프런트, 미니레스토랑, 스낵바

* 우리는 미신을 기반으로 건물에서 철저히 '4'를 다 뺐다.

이렇게 구체적으로 객실 시설을 방과 층별로 나누었다. IPTV와 겨울철 전기장판은 기본이요, 여성 고객을 위한 드라이어와 매직기도 벽걸이형으로 설치했다. 7층을 제외한 모든 객실에 게이밍 컴퓨터를 임대하여 설치했고, 하는 김에 높은 사양으로 맞추었기에 웬만한 게임이 다 가동된다는 것을 강조해 홍보했다. 손님들의 건의에 따라 커플 PC룸에는 게임용 의자와 헤드셋을 비치했으며, 방마다 컴퓨터와 TV를 연결해놓아 OTT 플랫폼의 개인 계정이 있다면 컴퓨터로 로그인해 편안하게 콘텐츠를 보도록 신경썼다.

투숙객에게 기본으로 제공되는 어메니티 물품도 더 세심하게 준비했다. 수건은 2인 기준 아침저녁 한 장씩 쓰라고 총 4장 주던 것에서 공용 발수건 1장을 추가해 제공했다. 칫솔과 치약, 면봉 등이 들어 있는 일회용품 패키지도 키와 함께 건넸는데, 패키지 안에는 화장솜과 머리끈, 콘돔과 러브젤, 여성청결제를 서비스로 넣어놓았다.

그럼 여기서 우리의 진화가 끝났느냐, 전혀 아니다! '룸 컨디션'이 아니라 '모텔 컨디션'을 올리려면 입구와 1층 공간이 중요했다. 고객이 모텔 문을 여는 순간 와! 하는 감탄사를 터뜨리도록 하는 비결은 바로 로비다!

우선 휑하던 로비의 조명을 밝고 화려하게 바꾸었다. 흔히들 '모텔 카운터(사실 프런트에 가깝다)' 하면 떠올릴 법한 작은 쥐구멍(이 쥐구멍으로 겸연쩍게 키를 건네받는 고객을 쉽게 상상할 수 있다)을 과감히 호텔식 프런트로 바꾸었다. 이전에는 고객과 프런트 직원이 서로 얼굴을 볼 수 없고, 밤 12시가 되면 불을 끄고 잤지만(멋쩍게 창구를 두드리는 또다른 고객을 쉽게 상상할 수 있다) 밝은 공간으로 바꾼 덕분에 고객이 오면 눈을 마주치며 인사할 수 있었고, 언제든 고객이 호출하면 응대할 수 있었다.

입구에는 팝콘제조기를 설치하고 매일 일정 시간이 되면 팝콘을 튀겨 지나다니는 사람들의 후각을 자극했다. 이른바 '델리만쥬' 기법! 미니레스토랑에 간단한 조식을 준비해두었고, 체크인한 손님들을 위해 냉장고에 무료 생수도 가득 채웠다. 원래는 음료도 있었는데 '외부 반출 금지'라고 써놓아도 나쁜 손들이 자꾸 몇 병씩 챙겨 나가는 바람에 현재는 생수만 무한리필하고 있다. 또 체크아웃하는 손님들의 향기로운 출발을 위해 중저가의 향수와 섬유유연제를 프런트에 비치해두었다. 이곳에서 나가는 모든 분들이 향기로운 사람이 되기를 바라는 마음에서였지만, 그걸 또 집어가는 사람들 때문에 점점 싸구려로 바뀌어가는 중이다. (한국 사람들이 왜 한국말을 모를까?)

마지막으로 우리의 킥은 음악이었다. 정수기 위에 블루투스 스피커를 놓고 매일 분위기에 따라 플레이리스트를 바꾸어 틀었다. 크리스마스 시즌이면 캐럴 메들리, 오전에는 피아노 연주곡이나 뉴에이지, 오후에는 멜론차트100 등 마치 DJ가 따로 있는 카페처럼 말이다. 음악의 효과는 대단했다. 체크인이 밀려 기다리느라 짜증을 내던 손님들이 한숨 대신 노래를 따라 흥얼거렸다! 이거였어!

우리는 기존의 영업 방식을 고이 접어 하늘에 날려버렸다. 단

순 리모델링, 좋은 시설만으로는 승부를 걸 수 없다는 것을 절실히 깨달았다. 영준 영민 부부는 우리보다 열 살은 젊은 30대였지만 배울 점이 많았다. 그간의 방식이 부끄러웠다. 절실함이 없었던 대충 마인드, 말뿐인 영업 전략, 다부지지 않은 말랑한 성격, 비전과 목표 부재 그리고 시스템 자체가 없었던 가게. 그들을 보며 숙박업에서 객실 키 하나만 던져주던 시대는 갔다는 것을 배웠다. 마음먹기와 실천은 하늘과 땅 차이었다!

하지만 이렇게 계속 아이디어를 내고 실천하고, 다시금 수정하려면 기본 운영을 담당해줄 사람이 필요했다. 그래서 지금껏 직원은 청소 이모님 한 명뿐이었으나, 직접 운영하던 방식에서 벗어나기 위해 이때부터 주간과 야간으로 나누어 프런트 직원 두 명, 청소 팀 두 명을 두었고, 전반적인 것을 보조해주시는 시아버님(내가 존경하고 사랑하는 이 세상 최고의 호인이다)까지 더해 일종의 오토 시스템을 만들었다.

이제 우리는 청소를 돕는다거나 프런트를 보는 것보다 더 진취적인 일에 매진하는 '운영자'가 되었다. 그리고 단순하게 잠만 자는 숙소가 아닌 "놀거리 먹거리가 풍부한 곳! 내 집처럼 편안한 '두번째 우리집'"이라는 슬로건을 내걸었다. 눈코 뜰 새 없이 바쁘게 반응하고 움직이면서 매출액은 3배 이상으로 뛰었다. 물론

들인 제반 비용이 많기에 순이익이 드라마틱하게 늘지는 않았지만 가게가 북적이니 마냥 신이 났다. 파리만 날리던 모텔은 한 달 만에 지역 내 1~2위로 이름을 날렸다. 우리가 돈을 긁어모은다는 헛소문과 함께….

나는 책을 읽는 것을 좋아했고 언젠가는 나의 글을 써야겠다고 생각해왔다. 그리고 모텔이 잘되자 『단숨에 매출이 올라가는 모텔 운영법』이라는 책을 출간하는 상상을 하기도 했다.

먼저 다독가인 남동생에게 조언을 구했다. 하지만 결코 쉽게 터득하지 못했던 나의 노하우를 세상에 내놓는 게 아깝다고 말하자, 동생은 의외의 대답을 내놓았다.

"어차피 누나가 비법을 공개한다고 해도 남들은 못해. 큼직한 IT 업체에서 프로그램을 모두 공개하는 이유가 뭐겠어? 다 공개한다고 해도 그들은 절대 따라하지 못할 거고, 따라잡으려고 이만큼 쫓아왔다 하더라도 이미 더 높이 가 있을 텐데."

그렇지, 그게 맞지. 어느 TV 프로그램에서 줄 서서 먹는 탕수육집 비법을 거침없이 공개하는 주인 할머니께 PD가 물었다.

"수십 년에 걸쳐 연구하신 건데 이렇게 공개해도 괜찮으신가요?"

할머니는 미소 지으며 말했다.

"따라할 테면 해보라지. 절대 못 따라해."

정답은 누구나 알고 있다. 알고 있는 것을 실행하느냐 못하느냐 그 차이일 뿐이다. 원조 맛집(?) 모텔 할머니가 되어 방송국 PD에게 저 대사를 치는 날까지 달리려면, 나는 아직도 멀었다!

저스트 어 텐미닛

'담배 냄새가 난다, TV가 안 된다, 수압이 약하다, 에어컨이 안 시원하다' 등등 별의별 이유로 숙박하겠다고 올라갔다가 방을 취소하는 사람들 때문에 만두는 골머리가 아프다. 게다가 취소 요청은 보통 입실 후 15분 내로 이루어진다. 그래서 만두는 최소 15분이 지나야 마음을 놓는다.

세상에는 절대적인 시간과 상대적인 시간이 있다고 했다. 누구에게나 똑같이 적용되는 절대적인 시간과 개인의 기분이나 상황에 따라 달라지는 상대적인 시간. 이른아침 출근 준비를 하거나 시험을 볼 때, 노래방이나 술집에서 신나게 놀 때 흐르는 시간은 화살이다. 해외여행을 가기 위해 이코노미 좌석 비행기에 탔을 때나 출근 시간대에 횡단보도에서 파란불을 기다릴 때, 지루한 업무 시간, 배 아픈데 화장실에서 차례를 기다릴 때 흐르는 시간은 거북이다. 그리고 모텔에서 손님이 입실한 후 별일 없기를 바라며 기다리는 15분은 달팽이다.

새벽 12시 56분, 건장해 보이는 남자와 그와 함께 온 여자가 203호 키를 받아 엘리베이터에 탔다. 그리고 정확히 새벽 1시 8분에 방문이 열렸다. 만두와 나는 예상치 못한 상황에 당황했다. 분명 담배 냄새도 안 났고 방 온도나 습도도 나쁘지 않았는데, 무슨 일일까?

"젠장, 뭐가 문제인 거야?"

만두가 찡그렸다. 만두와 나는 동시에 일어나 방금 들어간 고객에게 바꾸어줄 또다른 객실 키를 준비한다. 하지만 마음은 좋지 않다. 열심히 공부하고 시험 결과를 기다리는 이 기분은 하루에도 열두 번 이상 느끼는 감정이라 익숙할 때도 되었지만, 매번 초조하고 불안하다. 취소는 언제나 골칫거리다. 손님이 잠시 침대에 걸터앉기만 해도 시트를 교체해야 한다. 사실 세탁업체에서 우리 모텔은 유명하다. 보통 숙박업소와 세탁업체는 매월 일정 금액에 모든 세탁물을 맡기는 정액제 형태로 계약하는데, 우리 모텔의 세탁물 물량이 지역 내에서 가장 많기 때문이다. 객실

69

수가 가장 많은 것도 아니고, 매출이 지역 내 1위가 아님에도 세탁물이 언제나 1등인 것은 타인이 스쳐만 가도 침구류를 교체하는 만두의 까탈스러운 관리 탓이다. 손님들에겐 좋겠지만 세탁업체 입장에선 조금 미웠겠다.

잠시 후 엘리베이터 문이 열린다. 만두는 만반의 준비를 마쳤지만, 남자와 여자는 그를 쳐다보지도 않고 활짝 핀 복숭아꽃과 달콤한 꿀을 삼킨 벌처럼 총총 거리의 공기 속으로 스며든다. 찰나의 향락일지라도 충분한 만족을 얻었다는 듯. 시계를 보니 정확히 12분이 지나 있었다. 올라갈 때 걸리는 2분을 제외하면 10분 정도 소요. 누군가는 그를 비웃을지도 모른다. 하지만 나는 그를 이해할 것만 같았다. 그들은 실로 사랑했으므로 덜 해로웠고, 찰나의 순간은 비록 짧았지만 육체는 충분한 덜컹거림으로 그날 밤 잠드는 순간까지 꽤나 피곤했을 거라고. 암, 그렇고말고.

우리 모텔 도우미,
시아버님

"아이 애미야! '핑킹거' 어디 갔냐?"

가게가 바쁘다보니 온 가족이 운영에 매달린다. 가게 관리를 도와주시는 시아버님이 갑자기 '핑킹거'를 찾으신다. 핑킹거가 뭐지?

"아버님, 그게 뭐예요?"

나는 어리둥절한 표정으로 묻는다. 아버님이 답답하다는 듯이 말씀하신다.

"그, 유리창에 '핑킹거' 있잖냐. 유리창 좀 닦을란다."

아버님은 매일 오전 중에 가게로 출근해, 새벽에서 정오 중에 퇴실한 손님의 방을 '초벌 작업' 하신다. 여기서 초벌이란 환기,

침구류 커버 벗기기, 쓰레기 분리배출 등이다. 손님들은 체크아웃 시간에 맞춰 한꺼번에 나가는 것이 아니라 제각각 사정에 따라 퇴실하므로 중간중간에 텀이 생기는데, 아버님은 그 시간에 정문이나 엘리베이터, 로비 유리창을 닦으셨다. 알고 보니 핑깅거란 유리세정제를 뜻하는 말이었다. 핑기다 → 뿌린다. 아직도 신비로운 사투리의 세계.

그날도 아버님이 초벌 작업을 하시고, 나는 청소가 끝난 객실을 점검하고 있었다. 주말이어서인지 대실 손님이 벌써 입실을 기다리고 있었다. 나는 얼른 퇴실한 방의 호수를 아버님께 전달드렸다.

"아버님, 203호 나갔어요!"

그리고 부연 설명을 드리려는데 저 멀리서 누군가의 우는 소리⋯ 같은 것이 들리기 시작했다. 순간 촉이 발동한다.

"까악까악~"

너어는 너어는, 진짜, 제발 까마귀여라. 주인으로서 냅다 자리를 피할 수도 없었던 나는 노인의 귀는 어두울 것이란 한줄기 희망을 갖고, 큰 목소리로 아버님께 이야기했다. 여기서 관건은 내 발화에 리듬이 있어야만 했다.

"아! (까악)버님! 이히(까악)백!! 삼호! 여~기!(까~악) 쓰레기

는! 비닐에다가 버려주세요!"

묻혀라, 묻혀라. 까마귀 울음소리야, 묻혀라! 아버님과 함께 일하는 장소로 모텔은 추천드리지 않는다. 민망해서 원, 그날 목소리가 유독 컸던 이유를 아버님은 모르실 거야.

며칠 후, 원래 만두와 나는 '퐁당퐁당' 근무(오전-퐁, 오후-당, 2조 2교대를 우리끼리 이렇게 부른다)를 하는데 이날은 만두의 배려로 오후 1시에 출근을 하게 되었다. 한번 게을러지면 도미노처럼 게을러지는 게 사람이다. 다음날 오후 출근을 해도 되니 전날 밤 늦게까지 혼술을 해버렸다. 오전 내내 늦잠을 자고 술이 안 깬 느낌으로 느지막한 출근을 했다. 가게에 도착하자마자 프런트 전화의 착신을 내 핸드폰으로 바꾼다. 그때 울리는 벨소리, 깜박이는 불로 보아(모텔에서 사용하는 전화기는 특수 기능으로 객실에서 전화가 오면 해당 호수의 불빛이 깜박거린다) 707호에서 온 전화다.

"화장실 청소가 덜 된 것 같아요… 아니 청소는 다 된 것 같은데, 앞 손님이 쓰던 흔적이 널브러져 있거든요."

"어떻게 해드릴까요?"

천연스레 나와버린 내 질문에 손님은 조금 어이없다는 목소리로 답했다.

"그럼 이걸 저희가 치울까요?"

"아니아니, 아니에요. 제가 잠시 올라가도 될까요?"

재빨리 답하고는 곧장 707호로 올라갔다. 도착한 방문 앞에서는 샤워기 물줄기 소리가 세차게 들려왔다. '화장실 치워달라더니 화장실을 쓰고 계시나?' 벨을 눌러보았지만 나오지를 않는다. 문을 두드려도 한참 동안 응답이 없기에 결국 나는 다시 프런트로 내려와 수화기를 들고 7,0,7을 눌렀다. 전화도 받지 않는다. 뭐지…?

"문이 열렸습니다."

잠시 후, 시스템 알람이 울렸다. 프런트에는 퇴실과 입실을 제때 확인할 수 있도록 객실 문이 여닫힐 때마다 알림이 뜬다. 알림이 뜨면 CCTV 화면을 통해 상황을 판단한다. 열린 곳은 706호였다. 하얀 벙거지모자에 롱스커트를 입어 유독 단아해 보이는 여자가 엘리베이터에 오른다. 그리고 프런트로 거침없이 직진해오는 여자의 표정은 일그러져 있다. 팔짱을 끼고 따지듯이 묻는 여자의 목소리.

"저희 화장실!!!"

순간 나는 크게 당황했다.

"아! 제가 올라가지 않은 것이 아니라, 착각하고 707호에 갔습니다. 어쩐지 벨을 눌러도 기척이 없으셔서 왜일까 했거든요. 너무 죄송합니다. 지금 같이 올라가시죠!"

나는 죄송한 마음을 뒤로한 채, 여성분과 함께 이번에는 제대로 706호로 올라갔다. 술이 문제다. 전날 과음을 한 탓에 술이 덜 깨서 제정신이 아니었던 것. 707호를 706호로 착각하다니.

화장실에 가서 그들이 말한 '앞 손님이 쓴 흔적'을 발견했다. 샤워호스 위에 덩그러니 걸려 있는 깃은 사용한 콘돔 2개. 쓸데 없이 나비의 양 날개를 닮았더랬다. 아니 리본에 더 가까웠는지 도 모르겠다. 아니면 나뭇가지에 걸린 연 모양이랄까. 나비의 날 개는 빗물에 조금 젖어 있었다. 구역질이 나왔지만 고객의 눈이 무서워 얼떨결에 재빨리 화장지로 그것을 감싸 변기에 버린 후 물을 내려버렸다. 나비가 앉아 있던 자리는 세면대 물로 깨끗이 헹구고 방문을 나섰다.

그 순간 전화벨이 울렸다. 착신된 핸드폰이 울리며 그 속에서 흥분한 남자의 목소리가 들린다.

"여기 707호인데요. 방금 샤워하는데 누가 벨 누르고, 문 두드 리고, 전화하고 진짜! 그리고 여기 전기장판도 고장 같아요. 너무 춥네요."

나는 여러 차례 사과드린 후, 리넨실을 뒤지고 뒤져서 찾아낸 여분의 전기장판을 안아 들었다가 때마침 울리는 벨소리에 장판을 바닥에 내려놓았다.

"체크인하신다구요? 네, 바로 내려가겠습니다."

전기장판을 다시 주워들고 707호로 뛰어가고, 곧장 날다람쥐처럼 계단을 통해 프런트로 뛰어내려갔다.

"죄송합니다. 체크인 도와드리겠습니다. 예약자분 성함이?"

오르락내리락 오늘도 살이 절로 빠지는구나! 일이 꼬이려니까 이렇게 꼬인다. 아버님, 청소 팀, 만두 그리고 나 우리 중 그 누구도 떡하니 걸려 있던 콘돔을 보지 못했다는 게 믿기지 않는다. 하지만 눈앞에 두고도 모르는 것이 인생. 오늘도 모텔에서 인생을 배웠다.

다음날 출근길에 아버님께서 물으신다.

"아가야, 706호 콘돔은 어찌된 거냐?"

시아버지 입에서 나올 단어치고는 너무 진보적이었지만… 그건 그렇고, 초벌 작업을 담당하시는 아버님께서 콘돔을 발견하지 못한 것이 당신의 잘못이라고 생각하신 듯하다.

"어떻게 그게 거기에 있는 걸 보지 못했을까? 손님들이 얼마나 우리를 욕하겠냐? 정말 부끄럽구나."

아버님께서 약간의 실수를 하신 건 사실이지만 분명 아버님 탓이 전부가 아니다. 콘돔을 걸어놓은 엽기적인 그 사람의 죄가 가장 크고, 그다음이 초벌 담당인 아버님, 화장실 청소를 하면서 그것을 보지 못한 청소 팀, 객실 최종 점검을 하는 담당자(나와 만두) 모두의 잘못인 거다. 아버님, 자책하지 마세요. 우리 팀 모두가 그걸 보지 못했다는 건 정말이지 그럴 운명이었다고 생각해요!

앞으로는 꼼꼼하게 객실 점검을 해야겠다고 다짐했다. 힘든 하루였지만 중요한 건 꺾이지 않는 마음이니까….

성인 채널이 나오니
모텔 아니겠습니까

책가방을 멘 어린 커플의 등장에 우리는 긴장하며 신분증 검사를 했다. 휴, 다행히 03년생이다. 흡연 여부를 묻고 금연실로 배정해주었다. 분명히 룸 컨디션 최상이었는데, 갑자기 전화벨이 울린다. 입실 직후에 걸려오는 전화는 컴플레인인 경우가 대다수다. 심장을 부여잡고 수화기를 들었다.

"저기요! 여기 성인 채널이 틀어져 있어요!"

소녀의 목소리가 들려온다. 나는 그녀를 놀라움으로부터 지켜야 할 임무를 가진 보호자에 빙의해 친절히 설명했다.

"아, 놀라셨구나. '채널' 버튼으로 다른 채널로 바꾸시거나 '메뉴' 누르시면 기본 화면으로 전환됩니다."

그러자 소녀는 다소곳하게 대답하며 수화기를 내려놓았다.

소녀는 아마도 착각을 한 게 아닐까? 여긴 도서관이 아니라 모텔이라고요.

프런트에서 마주친 학부모

그날은 주간 직원인 민세가 휴가를 가서 나 홀로 프런트를 보고 있었고, 만두는 고장난 객실 부품을 교체하고 있었다. 그때 누군가 프런트를 두드렸다.

"언니이~! 언니이이이! 또옥, 또옥~!"

벌건 대낮에 프런트에 앞장선 여자는 이미 흥건하게 취해 한낮의 태양보다 더 뜨겁게 달아올라 있었다. 남들 다 일하는 평일 오후에 모텔로 향하는 중년의 여자란, 입궁하는 왕비라기에는 그녀보다 한 되 정도 더 사랑받는 신첩처럼 보였다. 두 남녀는 천상의 신선놀음을 하듯 깔깔대며 웃었다. 하지만 이곳은 지상의 프런트. 나는 착실히 그들의 체크인을 도울 것이다. 그런데 자세히 보니 이 신첩, 아들 녀석의 과거 같은 반 학부모다!

그녀를 처음 알게 된 건 첫째 아들이 초등학교 1학년이었을 때였다. 아들이 반장을 맡게 되면서 관례에 따라 엄마인 내가 학급 대표를 맡았다. 그 당시 학교에서는 각 반마다 학급 대표, 학급 부대표, 총무 이렇게 세 명의 학부모 임원을 뽑은 후, 그들을 한데 모아 힉년별 모임을 구성했다.

하루는 학교에서 1년간 수고해주십사 하고 학부모 임원 전체를 불러 식사를 대접한 날이었다. 엄마들끼리 인사를 나눴다. 누군가 사회자라도 되는 듯 자기 소개를 유도했다. 아이들끼리 같은 유치원 출신이거나 아파트가 같아 이미 안면이 있는 사람들이 가장 먼저 스타트를 끊었다. 근데 소개 멘트가 독특하다.

"안녕하세요. 저는 대림2차 201동 ○○ 엄마입니다."

"안녕하세요. 저는 e편한 110동 ×× 엄마입니다."

"그리고 여기는 현대 305동 △△ 엄마구요."

'몇 학년 몇 반 누구 엄마'가 아니라 '어느 아파트 어느 동 누구 엄마'였다. 사실 내가 사는 동네는 급격히 개발되면서 브랜드 아파트가 생겨나기 시작한 까닭에 집값의 차이가 많게는 10배까지 벌어진 상태였다. 갑자기 생겨난 이 격차는 어른들을 술렁이게 만들었다. 그리고 그 술렁임을 그대로 흡수한 아이들은 옛날 아파트, 그러니까 기존의 아파트에 사는 아이들을 동아=동거지, 삼성=삼거지, 대림=대거지, 현대=현거지, 전세=전거지 등으로 부르며 보이지 않는 계급을 정하고 있었다. 일단 어느 아파트에 사는지, 그리고 아파트가 정해진 후에는 몇 동인지에 따라 세분화되었다.

나 역시 몇 배나 가격이 낮은 옛날 아파트에 살았으니 '현거지' 였음에도 그나마 기죽지 않았던 건 내가 이제 갓 서른 살이라 또래 학부모들에 비해 젊은 축이라는 점이 한몫했다. 그리고 그때 나보다 더 어린 엄마가 한 명 있었는데, 그게 바로 그녀다.

그녀는 작은 체구에 마른 몸이었지만 똑 부러진 살림꾼이었다. 전업주부의 롤모델이랄까? 청소, 요리부터 아이들 교육, 교수인 남편의 내조까지 뭐 하나 빠지는 것이 없었다.

나도 한때는 그녀에게 배울 점이 많다고 느껴서 가까이 지냈으나, 지나치게 야무지다보니 공격적인 성격에 가는 곳마다 주변인들과 부딪히는 것이 부담스러워 슬슬 거리를 두던 차였다. 그녀의 남편 역시 화통한 성격이라 학부모 모임에 잠시 들러 밥을 사주고 간 적이 몇 번 있다보니, 동행한 남자가 남편이 아님은 단박에 알 수 있었다.

이런 곳에서 그녀가 나를 알아본다면 입장이 얼마나 난처할지 걱정이 된 나는 잽싸게 몸을 화장실로 숨기고 급하게 만두를 호출했다.

"여보, 빨리 와! 학부모가 손님으로 왔어. 날 알면 안 될 것 같아!"

헐레벌떡 달려온 만두는 무사히 프런트에서 그들을 응대했고, 그뒤로도 몇 번씩 찾아온 그녀를 나는 애써 외면했다. 외면하는 것은 최소한의 배려고 그녀에게 줄 수 있는 작은 선의였다.

구겨진 구석 없는 사람이 어디 있겠는가. 곪은 것이 있다면 터뜨려야 살 수 있을 텐데 내가 뭐라고 그녀를 판단하나. 완벽하지 않기에 우리는 불완전에서 완전을 향해 흐르는 인간이 아니겠는가. 고객의 내밀한 사정은 모르는 것이 약이다.

올케가 하룻밤 씁니다!

1998년 겨울, 성애는 첫사랑에 실패했다.

"펜팔 한번 해볼래? 동아리 오빤데, 해병대에 있거든."

초등학교 친구가 동아리 선배라며 완진을 소개했고 완진과 성애는 편지를 주고받았다. 몇 통의 편지가 오가며 좋은 감정이 생겼고, 완진의 휴가에 맞추어 처음 실물을 마주했다. 하지만 민머리에 손바닥만 한 검은 머리카락만이 정수리 부근에 뚜껑처럼 덮인 모습, 툭 튀어나온 광대뼈와 마른 몸, 시골의 정취가 느껴지는 외모를 보자 성애는 약간의 호감마저 사라져감을 느꼈다.

"4월 28일에 뭐 하세요? 그날 군대 복귀하는데, 저는 남원역에서 10시 25분 기차를 탈게요. 성애씨는 9시 42분에 순천역에서 기차를 탈래요? 그렇게 기차에서라도 잠깐 볼까요?"

마지막으로 한번 더 만나보자는 마음으로 성애와 완진은 각자 서로의 옆자리 좌석을 예약했다. 성애는 순천역에서 엄마를 만나러 서울역으로 향하는 길이었고, 완진은 군대로 복귀하기위해 남원역에서 서울로 향했다. 잠시 후 기차가 남원역에 도착했다.

"다음 정차 역은 남원, 남원역입니다. 남원역에서 내릴 승객께서는…."

기차가 남원역에 정차했지만 완진은 타지 않았다. 성애가 실망하려는 찰나 저 앞쪽에서 후광과 함께 훤칠한 상남자가 해병대 제복을 입고 뚜벅뚜벅 성애를 향해 걸어왔다. 오지 않을 줄 알았던 완진이었다. 성애는 심장이 목구멍을 향해 튀어나오려는걸 간신히 붙잡았다. 완진이 옆자리에 앉았고 둘은 대화를 이어갔다.

제복의 힘이란…. 사복일 때는 전혀 느껴지지 않았던 낯선 감정. 성애는 순간 이 사람과 조금 더 같이 있고 싶다는 생각이 들었다. 그때 갑자기 방송이 흘러나왔다.

"우리 기차는 잠시 전주역에서 정차하겠습니다. 앞서가던 열차 사고로 정시 운행이 불가한 점, 양해 부탁드립니다."

나는 모텔 하는 여자

완진의 군대 복귀 시간이 임박하던 참이었다. 이대로 가면 시간에 맞춰 가지 못해 사달이 날 것이다. 더구나 그 시절에 군인 신분이었으므로 핸드폰도 없었다.

"이 전화기로 전화하세요. 부대에 늦어진다고요."

성애는 얼마전 새로 구입한 최신형 모델인 SANYO 017 핸드폰을 내밀었다. 그때의 열차 사고와 이후 주고받은 몇 가지 다정함을 계기로 완진과 성애는 부부의 연까지 맺게 되었다.

완진은 부모님이 모두 일찍이 돌아가셨던 탓에 성애의 부모를 친부모 이상으로 챙겼다. 성애의 친오빠는 모텔 사업을 하느라 바빴고, 가족 모임에서 오빠의 빈자리를 채우는 건 완진이었다. 알아챘겠지만, 성애가 바로 나의 시누이다. 심성이 고운 성애는 올케인 내가 모텔 일을 핑계로 시댁에 전혀 신경을 못 쓰는데도 싫은 소리 한번 없이 앞장서서 집안일을 도맡았다. 나를 친자매처럼 대해준 것이다.

시누이와 나는 동갑이었고, 둘 다 음주가무를 즐겼기에 통하는 것이 많았다. 아이들이 어릴 때는 번갈아가면서 홈 파티를 열었다. 아이들과 여행도 자주 다녔다. 나는 그런 시누이를 두고 '인생 친구'라고 불렀다. 비단 나에게만 좋은 사람이 아니었던 시누이의 별명은 동네에서도 '행복전도사'였다. 육아며 살림도 발군, 남편과의 사이도 좋았고 늘 웃음이 떠나질 않았다. 누군가 상대를 험담할 때면 동조하기보단 그럴 사정이 있을 거라 말해주는 사람이었다. 그런 시누이에게 고민이 생겼다.

"언니, 요즘 우리 못 한다니까. 애들 요새 방학이라 집에만 있잖아. 두 눈 시퍼렇게 뜨고 있어서 벌써 몇 달째인지 몰라."

성애의 고백에 내가 곧장 반응했다.

"이번주에 고모부까지 셋이서 노래방 갈까?"

우리는 노래방을 상당히 좋아했는데 한번 가면 3~4시간은 거뜬했다. 노래만 했겠는가? 풍류에 술이 빠지면 안 될 노릇. 그주 토요일에 우리는 서대회무침에 소주와 맥주를 마신 후 2차로 노래방까지 가서 신나게 놀았다. 노래방 예약 시간이 거의 끝나갈 무렵, 내가 핸드폰을 들이밀었다.

"이거 보이지? 오늘 두 분의 뜨거운 밤을 책임지겠어. 이름 '행복전도사'로 예약했으니까, 노래방 끝나고 우리 가게로 가세요! 애들은 내가 봐줄 테니 걱정하지 말고. 내 선물이야."

언제나 주변에 다정함을 나누어주는 두 사람을 위해 좀전에 숙박 앱으로 예약한 거였다. 덕분에 완진과 성애는 몇 달 만에 엄마와 아빠가 아닌 남자와 여자로 만날 수 있었다. 오래 머물다 가

랬더니 아이들 걱정에 30분 만에 나왔지만. 추후 평일 대실이 무려 7시간이라며 성애는 성실하게 동네에 소문을 내주었고, 바이럴마케팅이 효과가 있었는지 어느 주민이 저녁 9시에 우리 가게에 왔다.

"큼, 대실이요."

다만 물론 늦은 저녁에 대실을 예약할 수 있었던 것은 주인장인 나만의 특혜였다는 것까지는 알지 못한 듯했다.

"대실은 저녁 7시에 마감입니다만…"

망신스러워하던 동네 주민을 위로해주고 싶다. 와줘서 감사합니다. 처음이니까 모를 수 있어요!

206호에 세워진 군인 방화벽

게이밍 컴퓨터의 반응이 제법 좋다. 우리는 206호, 306호 그리고 506호, 606호 이렇게 네 개의 방에 컴퓨터를 두 대씩 설치하고 '커플 PC룸'이라 명명했다. 이 방을 찾는 게임마니아들은 대체로 골초들이 많지만 더러는 금연실을 찾는다. 금연 고객들은 담배 냄새를 극도로 싫어하므로 우리는 금연실과 흡연실을 철저히 구분하기로 했다. 206호와 306호는 금연 게이밍룸, 506호와 606호는 흡연 게이밍룸이었다.

고사양의 PC를 여러 대 설치한 기념으로, 내 주변 제일가는 겜돌이들을 커플 PC룸 오픈식에 초대하기로 했다. 바로 조카 현빈이와 우리 호야다. 그 당시 중학교 1학년이었던 현빈이는 6학년이었던 호야랑 한 살 터울로 둘은 형제와 친구 그 사이에 있다. 둘의 공통 관심사는 또래 청소년들이 그러하듯이 '롤'과 '배그'였다. 롤이든, 피파든, 오버워치든 어디 밤새 한번 해봐라!

우선 강아지들은 2층에 배정해야겠다. 206호가 금연실이고, 1층 프런트로 왔다갔다하기도 편하니까. 참고로 모텔에 미성년자 출입이 불법인 것은 아니다. 동성끼리는 숙박도 가능하다. (이 사안과 관련해 우리가 겪은 사건이 많기에 나중에 진득하게, 정말 진득하게… 다루겠다.)

그런데 문제는 초등학교 6학년이나 중학교 1학년이면 한참 성적 호기심이 넘치는 사춘기 아닌가. 특히 모텔이라 함은, 아무리 시설이 좋아도… 남녀가 함께 머무는 곳이므로 동물적인 소리가 나기 마련이다. 사랑을 나누는 소리란 무릇 러브호텔에서는 서로가 서로에게 시너지를 발휘하겠지만, 영혼이 맑을 나의 아이들에게 실시간 리얼 사운드는 아직 이르다. 나는 모텔 운영자로서 고민 끝에 결정을 내렸다.

그날 저녁, 나와 업무 교대를 위해 가게로 출근한 만두는 가게 모니터를 한참이나 들여다봤다. 가게 컴퓨터에는 모텔 운영에 특

화된 프로그램이 깔려 있는데, 그 프로그램을 통해 운영자는 입
퇴실, 방문 여닫힘, 청소중 등 객실 현황을 각종 알림과 색 변화
로 파악할 수 있다.

　"…방 배정이 왜 이래?"

　만두가 이상하게 생각할 만도 했다. 아이들이 있을 206호를
중심으로 2층 객실은 물론, 혹시 모를 3층까지 시꺼먼 군인들로
만 옹기종기 배정되어 있었으니까. 비록 오늘 2층과 3층에 양기
만이 가득할지언정, 나는 보호자니까 나의 아이들을 유혹으로부
터 보호할 의무가 있다고! 만두는 어이없다는 눈빛으로 나를 보
다가, 그냥 가라고 손을 휘휘 내저었다.

이곳의 사랑은
생각보다 잔혹하다

"제초할 때 나는 냄새가 좋아, 풀들은 어떤 느낌일까? 손톱을 자르는 느낌? 머리를 자르는 느낌?"

모텔에서 약속이 있다며 일찍 도착한 유희에게 내가 불쑥 물었다.

"나도 그 냄새 좋아해! 근데 그거, 풀의 피 냄새라고 해야 하지 않을까."

유희가 말했다.

"피 냄새라고? 피 흘리는 걸 보고 냄새 좋다고 한 거야, 나?"

나는 괜스레 풀에게 미안한 마음이 들어 겸연쩍어하면서 유희에게 키를 건넨다. 은은한 미소를 남긴 유희가 말없이 키를 받아 들고 706호로 들어간다. 잠시 후 706호로 한 남자가 향한다.

상대 남자는 이혼했지만, 유희는 아직 가정을 가지고 있다. 유희의 남편은 대학병원에서 교수직을 겸하며 페이 닥터로 일하고 있다. 재수 생활이 길었기에 의사 면허를 따기까지 비록 시간은 좀 걸렸지만, 병원 일을 시작하고 나서는 생활의 질이 급상승했다.

유희는 아버지가 일찍 돌아가셔서 다섯 살 무렵부턴가 홀어머니 손에서 자랐다. 혼자 살아가기에 유희의 엄마는 너무 아름다웠다. 주변에 남자들이 끊이질 않았다. 유희는 엄마가 행복해하는 듯이 보였으므로 아랑곳없이 엄마를 응원했다. 다만 엄마는 그들에게서 금전적인 도움을 받지 않았고, 정직하게 홀로 벌어 생계를 유지해나갔기에 유희는 가난을 겪어야만 했다. 여기서 벗어날 수만 있다면. '나는 꼭 부자랑 결혼할 거야.' 유희는 매일 기도했다.

엄마가 유희에게 물려준 유일하고 대단한 재산은 아름다움이었다. 멀리서 보면 아름다웠고, 가까이서 보면 숨이 멎을 듯이 아름다웠다. 소멸을 하루 앞둔 행성처럼 작은 얼굴, 그토록 작은 얼굴에 어쩜 저리도 커다랗고 깊은 눈망울이 박혀 있는 건지. 작지 않은 키에 길쭉길쭉한 팔다리는 보는 이들의 시야를 시원하게 트여주었다. 재채기로도 부러질 것처럼 잘록한 허리에 비해 굴곡진 가슴과 두툼한 허벅지가 탐스러웠다. 이런 비일상적 미모 때문인지 어렸을 때부터 수많은 남자들이 그녀의 뒤를 따랐지만 유희는 신중하고 신중했다.

그러다 의대생인 남편을 만났다. 사실 만났다기보단 남편의 애원과 노력으로 유희가 만나주었다고나 할까? 나에게 잘 대해주는 사람, 전문직으로 먹고살 걱정 없는 사람이었다. 첫 관계를 남편과 하고는 그뒤로 23년을 함께 살았다. 아이들은 이미 군대 갈 정도로 장성하였고, 시골에 지어둔 꽤 비싼 집에서 사모님 소리를 들었다. 한 달에 몇 번씩 골프 라운딩을 가고 백화점에서 마음에 드는 옷을 양껏 샀다. 신발, 가방, 시계 등 온몸을 명품으로 휘감은 채 중형 외제차를 몰았다. 해외여행도 자주 다녀왔다. 그녀가 집에서 만드는 요리마저도 피부과에서 관리받는 그녀를 닮아 반들반들 고왔다. 주변 친구들도 수준에 걸맞은 사모님들로 채워졌다.

누구보다 간절했던 호화스러운 삶의 한가운데 커다란 구멍이 난 것은 남편의 보수적이고 단호한 성격 탓이 컸다. 유희는 독서를 좋아하고 꽤 많은 글을 썼으며, 그것을 모아 투고를 준비하고 있었다. 남편은 늘 그런 유희가 못마땅했다. 쓸데없이 왜 글을 쓰는지, 치열하게 현실을 살아도 모자랄 세상에서 순진하기만 한 아내가 늘 지나치게 감성적이라 치부했다.

다 가졌으나 외로웠다. 주위에 외로움을 호소하기에 유희의 삶은 너무 완벽해 보였으므로, 외출하고 집으로 돌아온 후 남편이 없는 침실에서만 소리 내어 울었다. 아니 유희는 매 순간 울었다. 밥을 지으면서, 샤워하면서, 화장하면서, 카페에서 차를 마시면서, 운전하면서, 골프를 치면서, 춤을 추면서, 노래하면서, 식사 준비를 하면서, 이야기하면서, 웃으면서, 하품하면서, 달리기하면서, 산책하면서…. 그 울음은 무엇을 하든지 누구와 있든지 상관없는 울음이었다. 소리 나지 않는 울음이었고 투명한 눈물이었으므로 그녀가 울고 있다는 걸 누구도 알 길이 없었다. 그녀에게 외로움은 보이지 않는 형용사가 아니라 한 발만 다가서면 볼 수 있고 들을 수 있는 동사였다.

그러던 와중에 그를 만났다. 그는 이 지구에서 그녀의 외로움을 볼 수 있고 들을 수 있고 느낄 수 있는 유일한 생명체였다.

둘의 인연이 시작된 것 역시 그의 노력이 컸다. 유희가 임시로 일하던 학원의 프로필 사진을 보고 그가 먼저 연락했다. 유희는 말도 안 되는 일이라며 단호하게 거절했다가 우연히 나누게 된

독서와 책 이야기로 대화를 시작하고 말았다. 유희는 얼굴이 예뻤고 남자는 마음이 예뻤다. 둘의 사랑은 예쁨에서 시작해 예쁨으로 맺어졌다. 23년 만에 생긴 사랑이라는 감정은 낯설었지만 익숙했다. 그것은 늦은 퇴근길에 집 근처 식당에서 풍기는 김치찌개 냄새 같았다. 유희는 마음속으로 배를 곯았다.

"나랑 결이 같은 사람이야."

유희는 나에게 이 사실을 처음 고백하던 날 펑펑 울었다.

"너무 완벽하게, 행복하게 잘 살고 있는데. 아이들도 다 크고 이제 나 하고 싶은 일 하면서 살려고 하는데, 왜 내가 그토록 손가락질하던 바람난 유부녀가 된 걸까? 내 삶이 왜 이렇게 된 거야? 이제 되돌릴 수도 없어, 나 어떡해?"

유희는 늪에 빠진 사람처럼 어쩔 줄 몰라 했다. 나는 그동안 남편과 함께 있던 유희를 몇 번이고 본 적 있다. 지금의 유희는 무언가 다르다. 유희의 눈물이 너무 아름답고 우아해서, 정말이지 '이건 사랑이야!' 착각할 만했다. 아니, 사랑이었을 거다. 이건, 분명히!

"내가 어떤 말을 해도 귀에 들어오지 않는다는 건 잘 알아. 하지만 네가 쌓아온 것들이 너무 아깝지 않니? 그냥 무너뜨리기엔 너 성실히 살았잖아. 깨끗하고 정직하게 살아왔잖아. 후회하게 될지도 몰라. 그때 감당할 수 있겠어? …내가 해줄 수 있는 말은 여기까지야."

유희는 또 한참을 나의 품에 안겨 흐느꼈다. 시간을 되돌리고 싶었다. 남자가 처음에 비해 친절함이 줄었거나 덜 사랑해준다거나 변했다 따위의 이유가 아니었다. 그는 하루가 지날수록 더 친절했고 더 사랑해주었다. 그래서 미칠 지경이었다. 차라리 그를 알기 전으로 되돌아간다면 좋을 만큼 사랑했다.

유희에게 706호 키를 건네는 나는 도대체 뭐가 옳은 건지 혼란스럽다. 유희의 친구니까 그녀의 사랑을 지켜주는 것이 도리인지, 그녀가 가정을 지킬 수 있도록 냉정하게 대하는 것이 답인지 말이다. 그러나 불륜을 쉬쉬하며 숨기는 법조차 모를 만큼, 그래서 친구의 가게로 불륜 상대를 데리고 올 만큼 그녀의 사랑은 순수했기에 지켜보기로 결정했다. 사랑이 이렇게 잔인하다. 모든 걸 줄 것처럼 쏟아지더니 모든 걸 빼앗아간다.

모텔과 자라나는 새싹들

식물들도 깊이 잠든 시간, 새벽 1시. 그때쯤엔 대부분의 방이 팔려서 야간 근무하는 프런트 직원도 잠시 쉴 수가 있다. 대실 마감 시간이 넘으면 잠깐만 쉬었다 가고 싶어도 대실이 아닌 숙박으로 구매해야 하지만, 그 시간조차 아까운 사람들이 모텔로 들이닥친다. 어딘가 급해 보이는 연인들… 부덕함을 감추려는 연인들…. 부덕하다 한들 제3자인 나에게 무슨 권한이 있겠는가. 그냥 제값 주고 제시간에 나가주는 그들에게 무한히 감사할 뿐.

이곳에서 수없이 오가는 사랑의 형태를 보고 있노라면, 결혼이라는 제도 안에서 안온하게 있고자 자신의 감정에 거짓을 씌우고 한 사람에게 충실한 척하는 것이 오히려 위선이지 않은가. 같이 살고 있는 사람이 이 사실을 뒤늦게 안다면 얼마나 불행할까? 이 사실을 알게 된다면 불행할 것이고, 이 사실을 모른다면 영원히 불행이 저축될 것이다. '지금 사랑하는' 사람을 만나러 왔다는 것은 스스로에게만큼은 솔직하고 정직한 것이므로 우주적인 법칙으로 볼 때 그 자신은 본인이 옳다고 말할 수 있을지도 모른다.

여하간 대실 구매 시간이 종료되어 숙박을 구매한 커플들 가운데 각자의 집이 있는 경우라면 대체로 두 시간 안에 퇴실한다. 이때 객실 키는 프런트에 직접 반납할 수도 있지만 엘리베이터 한편에 마련된 키 박스에 셀프로도 반납할 수 있다. 한밤중에 모텔을 방문한 손님들은 프런트 직원과 대면하는 것을 꺼리므로(들어갈 땐 잘 들어가더니 나올 때는 왜 부끄러워하는가. 그 의문은 아직 풀지 못했다) 그 부끄러움을 조금이라도 줄여주고자 키 박스를 설치한 것이다. 그리고 박스에 반납된 키는 분실의 위험이 있으므로 곧바로 수거해와야 하는 것이 원칙이지만, 느린 발을 가진 직원이 근무를 서던 그날은 그렇지 못했다.

"올라갈 때는 보았네. 내려올 때 보지 못한 그 키."

알고 있던 시가 요상한 시로 바뀌어 새어나왔다. 분명 프런트에서 내어준 기억은 있건만, 손님이 받아 올라간 뒤로 키의 행방이 묘연했다. 그리고 새벽 5시쯤 207호에 손님들이 들락거린 기록이 남아 있었다. 수상함에 녹화된 CCTV를 확인해보니 방을 구매한 손님들은 이미 퇴실한 상태고, 범인은 웬 아이들이었다. 미성년자들이 몰래 박스에서 키를 집어 빈방에 들어간 것이다.

"여보세요? 207호, 몇 분 계신가요? 신분증 검사하러 지금 올라가겠습니다."

이들은 가출한 중학생들이었다. 어쩌다 우리 모텔의 셀프 반납 시스템을 알게 된 한 아이가 프런트 직원이 블라인드를 내리고 있던 사이 냉큼 박스 안에서 객실 키를 집어 간 것이었다. 그러고는 친구들까지 불러 모아 손님들을 위해 구비해놓은 컵라면이며 팝콘까지 야무지게 가져다 먹었다. 인터폰이 울렸을 때 속으로 철렁하며 뭐 됐다, 뭐다 소란이었을 거다. 숙박을 구매했음에도 대실처럼 왔다간 도덕과 부도덕 어딘가에 어정쩡하게 붙어 있는 그들 덕분에, 또다른 도덕과 부도덕 사이에서 오갈 데 없는 어느 새싹들이 검부러기처럼 몰려든 것이다. 또래 아들을 가진 만두는 약간의 훈계를 하고 좋은 마음으로 돌려보냈다.

신음소리가
모텔 주인에게 미치는 영향

우리는 하루에도 수십 번씩 소리를 듣는다. 모텔을 운영하기 전에는 몰랐던 사실. 인간이 사랑을 나누는 소리는 새의 울음소리와 비슷하다.

새소리는 보통 노랫소리(SONG)와 신호(CALL)로 나뉜다. 노랫소리는 자신의 영역을 뽐내고, 상대를 유혹하기 위함이지만, 신호는 포식자를 경계하거나 부모 새와 아기 새의 대화 그리고 다른 새와의 연락을 취하기 위한 수단이라고 한다. 마찬가지로 인간의 신음도 다양한 의미가 있다. 아프다는 '아'와 좋다는 '아'의 절대적인 차이라고나 할까. 이 소리를 새의 언어로 비유하면 아프다의 '아'는 신호, 좋다의 '아'는 노랫소리쯤 되지 않을까?

우리는 늘 그렇듯이 새 둥지를 청소하고, 다음으로 들어올 '새' 커플을 맞이하면서 공교롭게도 둥지 너머 그들의 울음소리를 매일같이 듣는다. 프로의식을 가진 사람처럼 아무렇지 않을 거라고 생각하겠으나, 내 경우에는 그 소리에 익숙하거나 무덤덤한 편은 아니다(일단 나는 그렇다). 사실 늘 새롭다. 우리도 가끔 그 감정에 동화된다. 사랑이 어떻게 지루해질 수 있겠어. 누군가가 그랬다. 사랑은 나약한 자에게는 약점, 강자에게는 힘, 현명한 자에게는 특권이라 하지 않았는가? 현명한 나에게 주어진 특권을 거부할 이유는 없잖아? 내말인즉슨, 그래서 더 열심히 새소리를 듣게 되는 경우가 있다는 말이다.

모텔 용어 첫걸음

여기서 잠깐! 태어나서 모텔을 한 번도 안 가봤다는 분, 손! 요즘에는 숙박업소도 다양해지고, 중저가 호텔이 많아서 모텔을 모르는 성인도 제법 많겠지 싶다. 그래서 이참에 호텔과는 또다른 모텔 용어를 총정리해드리겠다. 알아서 얻다 쓰냐고? 언젠가, 어딘가에는 쓰이기 마련이다.

(숙박)

숙박업소에서 사용되는 가장 기본 개념. 하루 묵고 간다는 뜻으로, 통상 평일 오후 3시에서 5시 사이에 입실하고 다음날 오전 11시 혹은 오후 1시에 퇴실한다. 대실로 예약할 수 있는 시간이 지나서 들어온 손님이라면, 두 시간만 머물다 가고 싶어도 호텔과 마찬가지로 1박 가격을 내야 한다.

(연박)

연이어 같은 방에서 숙박한다는 뜻이다. 그런데 업소마다 운영방식에 차이가 있으니 잘 알아보고 예약하시라. 어떤 숙소는 연박이라 할지라도 입실 시간과 퇴실 시간이 엄격히 적용된다. 하룻밤 자고 퇴실 시간에 짐을 싸서 나간 후에, 입실 시간에 맞추어 다시 들어오는 방식이다. 이렇게 하는 이유는 짐이 있으면 낮에 대실을 받을 수 없기 때문이다.

(대실)

이것이야말로 모텔의 핵심이다. 잠시 쉬었다 가겠다는 뜻으로, 오전 10시~12시부터 입실이 가능하고 늦어도 오후 8시에는 퇴실하게 된다. 하지만 당일 숙박 수요에 따라 3시간~7시간 혹은 그 이상까지 머물 수 있는 등 시간 설정이 달라진다.

모텔 입장에서는 저녁이 되면 가격을 더 높게 받을 수 있는 숙박 손님을 받고자, 대실 예약이 가능한 시간을 일정 시간대까지로 정하고 손님들이 예약한 퇴실 시간 10분 전에 퇴실 알림을 보낸다. 종종 숙박 손님이 적은 평일에는 대실을 오후 9시까지 열어두는 경우도 있다.

때로는 대실 손님이 오후 8시 이후에 퇴실할 경우, 청소 팀의 퇴근 시간과 맞물리면서 그날 객실 청소를 못하고 다음날로 넘어가기도 한다. 그럼 그날 저녁, 해당 객실은 숙박을 받지 못하므로 객실 회전이 1회밖에 안 된 셈이다. 식당은 테이블 회전수, 모텔은 방 회전수가 매출에 큰 영향을 미친다. (그래서 위에서 설명한 연박 손님에게 방을 비워달라 요청하는 것이다.) "방 몇 바퀴 돌렸어? 오, 세 바퀴?" 그럼 박수갈채와 함께 당신에게 주어지는 '모텔의 왕' 목걸이.

(심야 대실)

앞서 말한 것처럼 숙박 손님이 적은 날에는 다른 방법으로 새벽까지 대실을 열어두는 경우도 있는데, 그런 경우를 심야 대실이라 한다. 대실보다는 비싸고, 숙박보다는 싼 가격이다.

숙박 손님이 많은 주말에는 어렵지만, 객실 한두 개 정도를 비워두고 새벽 내내 대실을 돌리는 방법으로 활용할 수는 있다. 중요한 것은 청소 스킬이 뛰어난 자가 근무할 때만 가능하다는 점.

모텔은 숙박업소인 만큼 고난이도의 '각 잡힌 침대 세팅'을 해야 하기 때문에 숙련된 기술자가 아니면 힘들다. 나도 7년 차 베테랑이지만 침대 세팅이 여전히 서툴다.

(무한 대실)

보통 대실 시간은 5시간 정도지만 이 이상의 시간을 원하는 고객들이 있기 마련. 그래서 시작한 서비스가 무한 대실이다. 평일 오전 10시부터 오후 8시까지 최대 10시간까지 가능하다. 여기서 자꾸 고객들과 오해가 생기곤 한다. '최대'라는 한글을 제대로 읽지 못하고 '10시간'만 읽는 것이다. 오후 1시부터 무한 대실을 예약하고 '마감 시간: 오후 8시'는 읽지 않은 고객들과의 마찰이 여러 번 있었다.

퇴실 안내를 위해 "퇴실 준비 부탁드립니다"라고 전화를 돌리면 "저 무한 대실 예약했어요. 오후 1시에 왔으니 11시까지 아닌가요?"라며 항의하는 식이다. 어찌 되었든 결국 고객은 쫓기듯이 나가겠지만 욕을 얻어먹는 건 내 몫이다. 사람들은 자기가 보고 싶은 것만 보고 듣고 싶은 것만 듣는다. 인생사 희로애락… 당신들은 희애(喜愛)를 챙겨가지만 어찌 주인장은 애로만 쌓여간다.

(평일 요금, 주말 요금)

앞에서 자꾸 '평일 기준'이라는 말을 듣고 의아했을 것이다. 모든 숙박업소는 수요와 공급에 따라 주말과 성수기 요금을 탄력적으로 적용하는 것이 합법이다. 따라서 모든 기준은 '평일'에서 출발한다. 거기에 주말이 되면 '주말 요금'이라 하여 할증이 붙게 되는 것이다.

(기준 인원)

모텔에는 기준 인원이 있다. 우리 숙소도 전 객실 2인이 기준이다. 트윈, 특실, 일반실 모두 2인이라 세 명부터는 인당 1만 원의 추가 요금이 부가된다.

예를 들어, 예약 사이트에 보면 다음과 같이 표시되어 있다. '특실 2/4', 즉 2인 기준 금액이며, 최대 4인까지 투숙 가능이라는 말이다. 그러니 "트윈에 4인까지라서 예약한 건데 왜 추가 요금을 내나요?"라고 항의하는 고객에게 부디 전합니다. 제발 읽고 싶은 것만 읽지 마시라. 기준 인원은 2인 요금입니다. 초과시 추가 요금이 부과됩니다.

〈 간판 불 〉

만실이 되면 메인 간판 불을 끈다. 펜션이 아닌 모텔이나 호텔은 단지처럼 어느 지역에 몰려 있다. 관광객이나 출장객의 편의를 위해 주요 관광지, 번화가나 유흥가, 편의점과 마트, 지역 맛집과 핫플 등 각종 인프라와 연관성을 고려하여 자리를 잡기 때문이다. 모텔들은 보이지 않는 경쟁 구도 속에 누가 먼저 만실을 하는지, 누가 자주 만실을 하는지, 평일 만실이 어느 정도인지에 따라 서열이 정해진다. 이때 만실 여부를 알려주는 것이 바로 간판 불이다.

"야 ×× 모텔 간판 벌써 꺼졌다." 이렇게 눈치를 살핀다.

또 모텔 사장들끼리 친분이 있는 경우에는 "형님 어제 간판 끄셨다면서요?" "요즘 계속 간판 끄시네요" 하며 대화가 오간다. 여러분도 여행지에서 급하게 방을 구하러 모텔촌에 가시면 간판 불이 꺼진 곳은 들어가지 마시길! 이미 다 팔렸다는 뜻이니까!

눈사람 여인

늦은 밤, 한 여인이 로비에 들어온다.

10년 전 '책 읽는 치킨집'을 열어 사업에 크게 실패한 나였으나, 그때의 기억이 잠잠해지자 다시 책 읽는 모텔을 기획했다. 일명 '북텔'이다. 독서의 편의를 위해 3인용 스툴을 책장 옆에 배치했다. 그 의자에서 책을 읽는 사람은 없었지만, 라면 물을 끓이거나 전자레인지에 음식을 데우거나 토스트가 구워지기를 기다리는 사람들에게는 유용하게 쓰이고 있었다.

그러던 어느 늦은 밤, 한 여인이 로비에 들어온다.

나는 모텔 하는 여자

그녀는 누군가를 기다리는지 처음에는 의자에 똑바로 앉아 있었다. 하지만 시간이 흐를수록 자세가 흐트러지더니 결국 바닥에 흘러내려 잠이 든다. 여인을 지켜보던 우리는 난감할 따름이었다. 나는 추욱 녹아내린 그녀를 혼자 옮길 힘이 없고, 남직원들역시 그녀를 어찌할 수 없었다. 장소가 장소이고 대상이 대상인지라, 도와주려다가도 성추행이다 뭐다 오히려 해를 당하는 경우가 많기 때문이다.

나는 어쩐지 마냥 입구를 바라보며 누군가를 기다리다 끝내녹아내린 여인이 안쓰러워졌다. 그래서 그저 모두의 안위를 위해잠시 그녀의 곁을 지켰다.

그래, 저 여인은 눈사람이다.

10분 전 들어왔을 적에
그녀는 똑바로 앉아 있었다
다리가 없는 눈사람처럼
허리를 꼿꼿이 펴고 앉아 있었다

그녀는 누군가를 기다렸지만
끝내 오지 않았다

눈사람이 햇살에 녹듯이
천천히 녹아내렸다

아니 저 여인은 술에 취했는지도 모른다

나는 저 여인을 욕할 수 없다

나 또한 저 여인처럼
아니 저 여인보다 흉측하게
무너져 내릴지도 모르니

누가 그랬어요
당신을 누가 이렇게 만들었어요

그 사람이 그랬나요

작은 눈송이를 모아 눈사람을 만들 땐 언제고
따스한 햇살이 비추면
그 햇살에 녹는 눈사람 따윈 감히 잊어버리는

나는 모델 하는 여자

잔인한 사람들

불쌍한 눈사람 여인
의미 없는 조각들을 모아
당신이란 사람을 만들었던 그가
그게 사랑이라던 그가
이제 당신을 거들떠보지 않아요

그리고 이제 와서
계절 탓이라고만 하네요

정녕 그 사람이 그랬나요
햇살이 와서 눈사람을 녹이듯이
녹여 없애듯이

아무런 원망도 못하게 떠나면 다인가요

그럼 저 여인은 어떡해요
눈사람은 눈에서 빗물로 그렇게 흘러내리면 되지만

저 여인은요

그럼 저는요

눈사람 여인, 저 여인은 곧 나다. 나는 저 여인에게 뭐라 욕할 수가 없다. 어쩌면 저 여인의 모습이 바로 우리들의 모습이기 때문이다.

결국 눈사람 여인은 안전하게 경찰서로 옮겨졌다. 그녀의 안녕을 빈다.

모텔이라는 숲

요즘 부쩍 건강이 신경쓰인다. 음주가무(실은 춤은 못 추지만)를 좋아하다보니 오래오래 할머니가 되어서도 마시려면 건강을 챙겨야겠다는 생각이 든 것이다. 먹는 거야 좋은 음식을 먹으면 되는데 문제는 운동이다. 그래서 시작하게 된 것이 등산이다. 다만 혼자서 무작정 시작하기에는 위험할 것 같고, 등산 문화에 무지하기에 동반할 사람이 필요했다. 하지만 나는 주말에 바쁘고 평일에는 한가한 사람. 주변인들은 주말에 한가하고 평일에는 직장생활을 한다. 결국 생각 끝에 산악회에 가입하기로 결정했다.

온라인 카페로 지역 내 산악회를 검색했다. 산악회는 불륜의 성지지만 젊은 사람들은 그렇지 않을 거란 믿음으로, 내 또래거

나 조금 젊은 나이대가 활동하는 산악회를 찾았다. 다른 남자 만
난다고 불안해할 여유도 없는 걸까, 아니면 결혼생활 20년의 내
공과 함께 쌓인 신뢰 때문일까? 예전에는 남자라면 질색팔색하
던 만두는 첫 등산 모임을 가는 나에게 최고급 등산화까지 선물
해주었다.

　몇 차례 낯선 사람들과 함께 땀을 흘리고, 힘든 코스에선 밀어
주고 당겨주며 빠른 속도로 산악회원들과 가까워졌다. 사실 나
의 첫 산행을 무사히 마칠 수 있게 도와준 사람은 따로 있었는데,
바로 산악회의 리더인 미래였다. 모임 첫날, 산 타는 것이 익숙지
않았던 내가 페이스 조절에 실패해 점차 속도가 뒤처졌는데 그녀
가 후발대에서 나를 이끌어주었다. 체력이 달려 딱 죽겠다 싶은
순간에 내밀어준 손길에 감사와 끈끈한 우정이 퐁퐁 샘솟았다.

　등산이 끝난 어느 날, 뒤풀이 식사를 한다길래 동호회 회원들
과 처음으로 술자리를 같이했다. 술을 워낙 좋아하는 나였지만
산을 타거나 운전할 때만큼은 금주가 원칙이었으므로 늘 이른 귀
가를 했던 터였다. 그 자리에서 나를 이끌어준 미래씨에게 특별
한 사연이 있다는 것을 알게 되었다. 그녀는 투병으로 누워지내
는 남편을 돌보고 있었다. 간병은 정신적으로나 신체적으로 만만
찮은 일이었고, 그녀에게 유일한 돌파구가 등산이었단다. 측은한

마음이 들었다. 술이 한 잔 두 잔 들어가고 나도 내가 모텔 운영 자임을 밝혔다. 내 일을 부끄럽다 여긴 적은 없지만, 세간의 눈은 다른 문제여서 구태여 먼저 나의 직업을 밝히지 않는 편이다. 하지만 그녀에게는 그냥 그러고 싶었다. 그리고 며칠 후 그녀가 한 남자와 내가 운영하는 모텔을 찾아왔다. 그녀는 내게 눈인사를 건넸다. 만두가 누구냐고 물었다. 나는 별일 아니라는 듯이 산악회 회원이라고 말했다.

"남편이 암 걸려서 치료비 모금한다던? 아니, 그런데 다른 남자랑 여기를 온다고? 너무했다."

나는 만두의 말을 듣고 사랑 자체가 몹시 부족하여 말이 안 통하는, 융통성이란 전혀 없이 고지식하고 속 좁은, 그래서 가여운 사람을 본다는 표정으로 만두를 쳐다보았다.

"저 사람도 얼마나 답답하겠냐? 당신은 왜 그렇게 인간미가 없어?"

현재와 미래는 A 중공업의 사내 커플이었다. 미래가 입사 선배로, 현재가 뒤늦게 그녀의 부서로 발령 왔을 때 동료들은 '현재와 미래'라는 이름만으로 둘을 엮으며 놀려댔다. 사실 두 사람도 그런 상황이 싫지는 않았다. 겉보기에 얌전한 현재는 평소 점잖은 남자였지만 술이 들어가면 흥이 넘쳤다. 첫 회식 자리에서 과장이었던 미래가 4살이나 어리고 직급도 대리였던 현재에게 반한 건 순전히 넘치는 끼 때문이었다. 두번째 회식에서 현재가 미래에게 이승기의 〈내 여자라니까〉를 부르며 두 사람은 공식 커플이 되었다.

안정적인 수입과 밝은 웃음으로 넘치는 행복을 만끽하던 그들은 같은 직장에 다니며 서로를 쉽게 이해했다. 미래는 결혼 후 현재의 내조로 직장 내에서 승승장구하면서 더 많은 돈을 벌게 되었지만 그만큼 함께 보낼 시간이 줄어들었다. 현재는 육아나 가사를 거뜬히 해냈으며, 연하라 그런지 밤일 또한 한번 시작하면 날이 새는 줄 모를 정도였다. 현재는 쾌활했고 정력이 넘쳤다. 이벤트에 능한지라 날이면 날마다 꽃이며 소소한 선물을 들고 왔다.

"살아줘서 고마워. 사랑해!"

그리고 미래는 언제나 당연한 듯 현재가 주는 사랑을 누렸다.

결혼 후 한두 해가 지나고 두 사람은 살던 아파트를 리모델링했다. 그리고 친한 부부들을 초대해 근사한 집들이를 준비했다. 다 함께 식사하던 중에 누군가 슬며시 이야기를 꺼낸다.

"영화 〈완벽한 타인〉 보신 분?"

"저요!" "저요!"

"우리도 그거 한번 해볼래요?"

그러고는 저마다 핸드폰을 테이블 위로 올렸다. 동명의 영화로부터 시작된 '완벽한 타인' 게임은 저녁식사 동안 핸드폰에 수신되는 모든 것을 모두에게 공개하는 게임이다. 광고성 문자부터 직장 동료는 물론 친정 언니의 카톡까지, 돌아가며 문자나 전화가 올 때마다 발신자와 그 내용을 공개했다. 소박하고도 소소한 폭로에 화기애애한 분위기가 연출되었다. 그때 현재의 핸드폰에서 문자가 울린다. 현재는 당황한 표정을 감추지 못했다.

"아, 음, 이거…."

현재의 얘기가 끝나기도 전에 현재의 친구가 핸드폰을 낚아챈다. 그러자 옆에 앉은 미래와 그녀의 친구들도 다 같이 몰려온다.

"오빠, 아직 집들이 안 끝났어요? 너무 보고 싶…어요."

문자를 확인한 순간 웃음이 침몰하고 분위기는 초상집이 되었다. 당당했던 미래는 계속 눈물이 났다. 어떻게 이렇게 부당한 일이 나에게 닥친 건지, 하필 미래와 현재 부부를 부러워하던 친구들 앞에서! 젊은 남편에 비해 미래가 가진 건 그냥 약간의 재력이 전부인 것만 같았다.

"애 아빠가 젊잖아, 넌 바쁘고. 그러니 얼마나 외로웠겠어? 직장에서도 성실하고 집안일이나 육아도 잘한다며."

"그래, 한 번만 눈감고 살아. 아이 생각도 해야지. 이번 기회에 각서를 받아, 아주!"

여자들은 늘 사랑을 갈취하듯 향유해오던 미래를 위로했고,

"조심하지 그랬어? 그걸 들키냐?"

"무조건 빌어. 잘못했다고. 어디 가서 제수씨 같은 여자를 만나?"

남자들은 정력이 넘치는 현재를 채근했다.

집들이가 끝나고, 현재는 미래와 길고 긴 대화를 나누었다. 미래는 현재가 사랑하는 건 이 세상에 오직 미래뿐이라는 두번째 프러포즈를 받았고, 승진을 앞둔 이 시점에 이혼으로 사람들 입방아에 오르내려봤자 좋을 것도 없었다. 그날 밤 미래와 현재는 다시 뜨겁게 사랑했다. 미래는 이런 자신이 한심했다. 하지만 자신이 실제로 불행하더라도 남들이 자신의 불행을 구경하게 두는 일은 더 불행한 것이라 느꼈다.

현재는 그뒤 얼마간 반성하는 듯했다. 사실 워낙 모든 면에서 완벽한 남자였기 때문에 그 이상 더 완벽해질 수는 없었다. 그런데 어느 날부터 변화가 보였다. 청소나 빨래도 미루고 미루다가

주말에 했고, 아이들이 말을 걸어도 대답조차 어물쩍 넘어갔다. 잘 웃지도 않고 짜증과 화가 많아졌다. 심지어 미래의 생일조차 잊어버렸다.

"도대체 왜 그래, 요즘?"

"내가 뭘?"

"…아니야."

그렇게 몇 달이 흘렀다. 현재는 스스로 자생하는 식물처럼 다시 밝고 쾌활하며 따뜻해졌다. 결혼기념일에 커다란 꽃다발과 손편지도 빼먹지 않았다. 미래는 잠깐의 기복이겠거니 하고 넘겼다.

그날은 현재가 친구들과 모임을 갖고 돌아왔다. 씻으러 들어간 후 10분 정도가 흘렀을까? 현재의 핸드폰에 문자 알람이 뜬다. 미래가 다가가 보려고 하니 잠겨 있었다. 혹시나 하고 패턴을 그렸더니 운이 따랐는지 바로 열렸다.

'오늘 고마워요. 자기 사랑해!'

미래는 3초 정도의 고민을 한 뒤, 핸드폰을 제자리에 가져다 놨다.

"맥주 한잔 더 할래?"

"좋지."

둘은 캔을 부딪치고 서로를 안았다. 미래는 이미 마음을 굳혔다. 현재에게 애인이 없어서 자신에게 짜증내고 무기력한 게 나은지, 그에게 애인이 있어서 그 사랑의 발아로 미래도 덕을 보는 게 나은지 위아래로 저울질해봤다. 그리고 곧, 본처는 자신이니 그 불륜녀는 불장난에 불과한 것이라 결론 내리며 스스로를 위로했다. 가엾게 여겨질 사람은 미래가 아니라 그 여자일 거다. 늘 그랬듯이 현재는 오직 미래를 위해 존재하므로.

미래가 현재의 수많은 애인들을 묵인하며 산 세월이 어느덧 10년이었다. 현재도 예전 같지 않다. 나이가 들면 뱃살도 나오고 하던데, 어째 현재는 하루가 다르게 말라갔다. 대한민국의 우수한 의료제도 덕분에 2년에 한 번씩 무료로 건강검진을 받을 수 있고, 거기에 35만 원을 추가하면 대장내시경을 비롯한 정밀검진을 받을 수 있었다. 미래의 잔소리에 등 떠밀려 현재는 풀옵션으로 건강검진을 받았다. 그리고 14일이 지난 후 모르는 번호로 전화가 왔다.

"대장에 혹이 있는 것으로 보입니다. 나오셔서 정밀검사 받으세요."

검사 결과, 현재는 대장암 3기였다. 워낙에 체력이 좋았고 다른 장기로 전이되지 않아 다행이었다. 암세포가 퍼져 있는 장기의 상당 부분을 절제하고 봉합했다. 수술은 잘되었으며, 수술 후 장 유착 방지 관리만 잘하면 충분히 생존할 수 있다고 했다.

주변에 친지들이 없었기 때문에 집안일부터 아픈 현재의 수발을 드는 일까지 미래가 혼자 감내해야 했다. 암 환자가 멀리해야 할 음식, 암 환자가 먹으면 좋은 음식, 수술 후 회복을 위한 치료법, 수술 환자 관리 프로그램을 알아보느라 두 발로 뛰는 게 모자랄 지경이었다. 미래는 승진하며 업무도 많아진 데다 아이들의 학교 픽업도 다녀야 했다. 미래는 헐떡이며 살아가는 자신이 훈련받은 개처럼 느껴졌다. 처음에는 좋은 마음으로 현재의 수발을 들었지만 1년이 되자 점점 지치기 시작했다. 그리고 그 피로감은 과거의 현재가 이 여자 저 여자를 만나며 미래에게 남긴 상처를 복기시켰다.

회사 점심시간. 미래는 동료들과 식사하러 번화가로 나섰다. 골목길 바닥에는 네모난 낙엽들이 떨어져 있다. 자세히 들여다보니 낙엽이 아니라 웬 전단지였다.

'여성 전용 클럽' '마인드 최고'… 미래는 동료들의 시선을 피해 전단지에 쓰인 번호를 머리에 입력했고, 그 번호를 통해 소개

받은 남자와 모텔로 향했다. 모텔은 낯선 이국 같았지만, 다행히 몇 달 전 산악 동호회 회원이 모텔을 운영한다는 걸 알게 된 상태였다.

"제가 다니는 모텔이 있는데 그곳으로 가요."

미래는 나에게 미리 전화를 걸었고, 그녀가 오자 나는 가장 쾌적한 705호 키를 건넸다. 키를 받아든 미래가 앞장서서 방문을 열었다. 남편은 암 선고를 받고 수술 후 투병 생활을 하는데, 부인이란 여자가 호스트바에서 술 마시고 다른 남자와 잔다. 손가락질할 테면 하라지. 미래는 살아야 했다. 회사에서도 가정에서도 살아내야 했다. 그러려면 이렇게 고름 같은 시간들을 짜내야 했다. 705호에서 나온 미래는 힘차게 현재의 병원으로 향한다.

미래는 지금 자신의 밖으로 자신을 던진다. 그것은 낭만이 아닌 절망이다. 미래의 행위는 일탈이 아닌 자신을 지키기 위한 지독한 의무임을 안다. 한줄기의 바람에도 쓰러질 듯 힘이 들고, 매일 아침 눈을 뜨는 순간 다시금 눈을 감기를, 그리고 다시는 뜨이지 않기를 희망하는 그녀에게 거짓말 같은 현재는 이제 역겹다. 오직 현재를 지키기 위한 미래의 처절한 발악은 빠져나올 수 없는 늪이 아닌 숨을 깊이 들이마시기 위한 숲과 같은 것이다.

1부

나는 705호 키를 엘리베이터 키 박스에서 꺼낸다. 엘리베이터의 안에 머문 미래의 잔향이 나의 코끝을 파고든다.

프런트라는 창문으로 바라본 사람들

이거 비밀인데,
금팔찌를 두고 가셨어요

그날도 어김없이 퇴실한 객실을 환기시키고 분실물이 있는지를 확인하고 있었다. 침대 시트를 벗기려는데 머리맡에 뭔가가 반짝거렸다. 자세히 보니 딱 봐도 순금에 무게가 제법 나갈 것 같은 금팔찌였다. 숙박 명부를 보고 수화기를 들었다. 평생 고생이라고는 해본 적이 없는 사람, 졸부보다는 태어날 때부터 여태껏 매일매일 24시간 쉴 틈 없이 부자였던 사람. 그런 여유와 교양이 느껴지는 품격 있는 목소리가 들려왔다. 하지만 "여기 모텔인데요. 금팔찌를 두고 가셨네요"라는 말을 전하자마자 품격은 거품처럼 사라졌다.

"네??? 어디라고요??? 언제요???? 거기 어디에 있나요?? 이

영감탱이가…!"

나는 뭔가 해서는 안 될 말을 해버린 것 같은, 어릴 적 짝꿍이 '너한테만 말해주는 건데, 아무에게도 말하면 안 돼'라며 했던 비밀 약속을 깬 것만 같아 마음이 무거웠다.

그렇더라도 이 금팔찌는 어떻게 하지?

1번 능동적으로 돌려준다, 2번 수동적으로 돌려준다. 3번 기다렸다 안 오면 내가 가진다?

하지만 금팔찌는 부인이 찾으러 왔다. 남편이 다른 여자와 하룻밤을 지내고 온 장소를 부인이 방문하고 말았다. 나였다면… 생각하는 것만으로도 끔찍할 것 같은데, 역시 재물의 힘은 대단하다.

단골가게를 잃는 방법

자영업자들이 모두 이럴까? 너무 바빠서 점심 먹을 시간조차 없다. 아침 겸 점심은 겨우 오후 1시 40분쯤에나 먹고 저녁은 8시 이후에 먹는 것이 일상이다보니 우리는 수시로 붕어빵, 호떡, 분식 같은 것을 사다 먹는다. 다행히 우리 모텔은 번화가에 위치해 근처에서 다양한 간식거리를 쉽게 사 먹을 수 있다. 그중에서 단연 1등은 옛날토스트다. 그 인기를 증명하듯 매일 점심시간이면 긴 줄이 늘어서 있다. 토스트 안에 들어가는 건 달걀프라이 하나와 양배추, 소스는 케첩과 마요네즈가 전부지만 옛 맛을 그리워하는 30~40대의 입맛을 제대로 저격했다. 이곳의 손맛 담당은 주인아주머니다. 아주머니가 양배추에 밀가루를 입힌 후 달걀 하나를 터트려 양배추전을 만들어주면 주인아저씨가 네모난 식빵 아래 케첩과 마요네즈를 뿌린 후 포장과 계산을 마친다.

　두 분은 너무 바빠서인지 티격태격하는 모습을 자주 보였다. 그런데 어느 날부터인가 주인분 대신 새로운 아주머니가 계셨다. 주인아저씨와 새로운 아주머니는 화기애애하다. 서로 존칭을 써가며 싱글벙글이다. 예전엔 아무리 맛있는 토스트를 먹으면서도 체할 것 같더니 이젠 목 넘김이 부드럽다. 그날도 만두의 주문을 받아 토스트가게로 향했다.

에그토스트 1,500원

햄에그토스트 2,000원

"햄에그토스트 두 개 주세요."

　현금을 받아 호주머니에 넣으며 남자는 여자를 향해 미소 짓는다.

"자, 여기 햄에그 두 개 주문입니다~"

　현철은 토스트와 붕어빵, 어묵과 떡볶이, 튀김 같은 것들을 판매한다. 처음엔 부부 둘이 장사를 하다가 육아 문제로 아내는 오후 1시에 퇴근하고 그 빈자리에 파트타임 현주를 고용했다. 현철과 현주는 손발이 척척 맞았다. 문제는 손발만 맞는 게 아니라 마음이 맞기 시작한 것이다. 현주의 손에 마가린이 튀었을 때 현철이 치료해주면서, 현주가 함께 나눠 먹을 간식거리를 싸오면서 둘 사이는 급속도로 가까워졌다.

퇴근 시간이었다. 둘은 근처 모텔로 향했다. 더이상 신중하고 싶지도 않았고, 뭐 특별히 기품 있게 살아온 것도 아니었다. 어쩌면 오늘의 선택은 충동적이기보단 어떠한 의지에 가까울 것이다.

모텔 프런트 앞에 선 현철은 카드 대신 2만 원을 내밀며 쉬었다 가겠다고 말했다. 카드는 흔적을 남기기 때문에 한 달 후 명세서가 집으로 날아오면 난처할 게 뻔했다. 가정을 깨고 싶지는 않았다. 힘들게 쌓아온 평탄한 인생에 먹칠하기는 좀 아깝지 않은가, 하는 이기적인 이유다. 물론 현철에게도 이런 경험은 살면서 처음이다. 현철은 그저, 자신에게만 유독 차갑게 구는 아내와 아는 척도 안 하는 아이들에게 진절머리가 났다. 함께 토스트 장사를 하며 아이 셋을 힘들게 키우고 있음에도, 변변한 직장이 없다는 이유로 늘 가족들에게 개차반 신세였다. 그 흔한 노름판 한번 가본 적이 없이, 다른 여자에게 눈 한번 돌리지 않고 오로지 가족만을 바라보며 살아왔다. 하지만 그들에겐 현철보다 '현찰'이 더 중요한 것처럼 느껴졌다.

숨 막히는 삶에 나타난 현주는 빛이었고 바다였다. 늘 무시만 당하던 현철을 '사장님'이라고 부르며 대우해주는 현주에게 빠지는 건 어렵지 않았다. 쉴 틈 없이 달려온 현철에게 이 정도의 포상은 당연한 거라고, 세상에는 도둑놈도 강도도 많지 않냐고, 그에 비해 나의 일탈은 땀흘려 일한 후 주어진 잠깐의 여름휴가 같은 것이라 자위했다.

30분이 지나고 현철은 뒷문으로, 현주는 앞문으로 각자의 길을 갔다. 부질없는 세상 기준에 자유를 빼앗긴 어리석은 인간들을 비웃으며. 현철은 어쩐지 조마조마하던 마음이 시원해졌다. 아무 일 안 생기잖아, 별거 없네.

낯익은 남자와 여자가 나가고, 나는 한참을 갸우뚱거리다 무릎을 팍 치며 만두에게 달려갔다.

"대박! 방금 누가 온 줄 알아?"

만두가 왜 호들갑이냐는 표정을 지으며 누구였냐고 물었다. 나는 스스로의 놀라운 눈썰미에 감탄하며 대답했다.

"토스트가게 아저씨! 거기 줄 서서 먹는 집 말이야. 근데 기가 막힌 건, 누구랑 온 줄 알아? 새로 온 아줌마랑 왔어! 와, 진짜 엄

청난 아저씨네?"

만두는 처음에 '에이… 잘못 봤겠지' 하며 내 말을 믿지 않았지만, 그후로 몇 번 더 토스트 커플의 방문을 직접 맞이한 후 내 말을 인정했다. 우리는 점차 토스트를 사 먹는 횟수를 줄였다.

현철은 남편이나 아버지 그 이하의 존재, 단지 돈 버는 기계로 생각하는 가족들과 살고 있다. 과연 그 이유가 현철의 외도를 합리화시켜줄 수 있는가? 모텔 주인이라는 사명으로 그를 거절할 이유가 없기에 기꺼이 손님으로 맞이한다. 그러나 현철의 가게에 방문할 의사는 없다.

손님과 거리 두기

"안녕하세요?" "또 오셨네요! 이것 좀 드셔보세요!"

어느덧 고객 응대도 능수능란해진 나다. 그때 정식으로 우리 모텔의 지배인이 된 영민이 "형수님" 하고(영준, 영민은 나를 형수님이라 불렀다) 나를 불렀다.

"형수님, 손님과 친해지시면 안 됩니다."

"네? 왜요? 단골 생기고 좋은 거 아닌가요?"

그는 대답했다.

"손님과는 딱 적당히만 친해지셔야 해요. 너무 친해지면 요구사항이 늘어나거든요. 외상을 하는 경우도 생기고요. 평일이고 주말이고 가격을 깎아달라고 하거나 특실 업그레이드 같은 어

이없는 제안을 하고… 그걸 들어주지 않으면 서운하다, 변했다는
소릴 해요. 조심하셔야 합니다. 친절하게 응대하되 그 선을 지키
셔야 합니다."

나는 이 말을 쉬이 넘기지 말았어야 했다.

오늘은 순탄하게 지나가나 했다. 객실 점검중에 핸드폰에서
예약 알람이 울렸다.

예약자: 이혁수

숙박 기간: 3박 (목,금,토)

입금액: 15만 원

예약 사이트: 야놀자

입실 시간: 17시

퇴실 시간: 다음날 13시

문자를 확인해보니 단골손님인 이혁수다.

"어, 이혁수. 또 연박 예약했네?"

하지만 입실 시간인 오후 5시가 되려면 아직 시간은 넉넉하
다. 고객들의 평일 입실 시간은 보통 오후 3시부터 오후 5시까지

다. 지인이나 손님들이 가끔 내게 묻는다. 숙박업소는 입실 시간
이 왜 이리 늦느냐고, 좀 아침부터 들어가게 해줄 수 없느냐고 말
이다. 우리도 그렇게 해주고 싶지. 하지만 불가능한 이유는 전날
묵은 손님들의 늦은 퇴실 때문이다. 손님들이 아침 일찍 나가주
기만 한다면 청소를 빨리 끝내고 다음날 손님들의 입실을 바로
도와줄 수 있겠지만… 안 나가요. 도저히 이유를 모르겠으나 손
님들은 오후 1시까지 꽉꽉 채우고 나가거나 그조차도 어긴다. 숙
박업소는 손님이 나가야 청소를 시작할 수 있으므로 오후 3시 즈
음 입실이 가능한 것임을 이해 부탁드린다.

시간은 어느덧 오후 1시 30분, 손님들이 떠나간 빈방에서 한
참 탄력받아 청소기를 미는데 전화벨이 울린다.

"네, 모텔입니다."

남자라면 남자인데, 묘하게 가녀린 목소리가 들려온다.

"사장님 저 체크인하러 왔는데요!"

시간을 다시 확인한다. 여전히 입실 시간은 멀었다. '대실인
가? 현장 손님? 아니면 이 시간에 들어올 사람이 없는데, 누구
지?' 생각하며 계단을 뛰어내려갔다.

"예약하셨나요? 예약자분 성함이?"

"이혁수요. 3박 예약했어요!"

"5시 입실인데요? 일찍 오셨네요."

내가 묻자, 남자는 당당하게 대답했다.

"항상 이 시간에 오면 사장님이 저는 입실시켜주시거든요."

원래라면 입실 시간보다 이르게 체크인할 경우, 대실 요금을 추가로 받아야 한다. 누가 그에게 예외를 내준 걸까. 이곳 사장은 나 아니면 만두뿐인데? 어찌 되었든 다행히 객실 점검이 완료된 방이 있어 그에게 객실 키를 건넸다. 그는 다시 무언가 원하는 것이 있는 양 주춤거렸다.

"저, 수건 세 장만 더 주실래요?"

그날은 마침 세탁소 휴일인 수요일의 다음날, 목요일이었기에 수건 비축량이 넉넉지가 않았다.

"오늘은 수건이 부족해서요. 근데 방에 수건이 다섯 장 있는데 세 장을 더 달라구요? 음, 일단 두 장은 더 드릴게요."

내가 한발 양보하듯이 수건 두 장을 건네주자 그는 약간 톤을 높여 말했다.

"저 여기 오면 사장님과 이모님께서 늘 수건 더 주시거든요."

이놈아! 그 이모가 나다, 이놈아! 속마음을 숨긴 채 미소로 응대했다.

"죄송합니다. 오늘은 수건이 부족해서 어렵습니다."

사실 한 달 전에도 이혁수는 연박을 예약했다. 그 당시 그는 수건 네 장을 더 요구했었다. 혼자 쓰는데 수건이 아홉 장이나 필요하단 말이지. 의아했지만 의심하지 않고 주었다. 그런데 또 전화가 와서 네 장을 더 달라는 것이다. 도합 열세 장의 수건을 어디다 쓰는 건지 궁금해하다가 '혹시 수건 도둑이 아닐까' 하는 합리적인 의심이 들었다. 내 딴에는 머리를 쓴다고 객실에 전화를 걸었다.

"고객님, 사용한 수건은 문밖으로 내어주시겠어요?"

그러자 그는 지금 필요하냐고 물었고 나는 대답했다.

"시간 되시는 대로요."

잠시 후, 문이 열리고 사용한 흔적이 보이는 수건 뭉치가 객실 앞에 놓였다. 그럼 수건 도둑은 아니었다. 찜찜한 마음 반, 궁금한 마음 반으로 복도 CCTV를 돌려 보았다. 그랬더니 이혁수의 방에 웬 남자들이 들어갔다, 나왔다, 들어갔다, 나왔다를 반복하고 있었다. 이게 뭐 하는 거지? 친구들이 돌아가면서 샤워하고 나가는 건가? 그럼 수도세는 어쩌라고! 이번엔 참지만 다음에 또 그러면 한마디 해줘야지, 벼르고 있었다.

자, 그럼 오늘은 어쩌나 볼까? 나는 CCTV에서 눈을 떼지 않았다. 어느새 만두도 내 옆에서 함께 화면을 들여다보기 시작했다. 그리고 오늘도 역시나 낯선 남자들이 그의 객실을 들락거렸다. 더군다나 청소 팀 카트가 복도를 지나가자 직원에게 손짓하더니 자그마치 수건 열 장을 더 받아가는 것 아닌가? 아까 분명히 내가 두 장을 더 주었건만! 이 상황을 지켜보던 만두는 격분했다.

"고객님, 뭡니까? 다른 사람들이 자꾸 방을 들락거리는데요. 1인 숙박으로 기록되어 있는데, 지금 그 방에서 뭐 하시는 겁니까?"

그러자 그는 회사 동료일 뿐이라고 했다. 곧이어 수건은 어디다 그렇게 많이 쓰는 거냐고 묻자 여기서 그는 대답을 주춤거렸다. 거기서 우리는 수건의 쓰임새를 예상해볼 수 있었다. 모텔에서는 퇴실해야만 침대 시트를 갈아준다… 자세한 설명은 생략한다. 그리고 그는 빠른 입실을 즐겼고, 수건을 한 장, 두 장, 세 장… 열 장까지. 그만 생각하자. 이래서 손님이랑 적정선이 필요한 거였어.

그는 그저 인기가 많은 남성일 수도 있다. 꼭 그렇지는 않겠지만 혹시나 우리 모텔을 성매매 현장으로 쓰는 거라면? 불법행

위에 자신의 가게를 내줄 사장은 없다. 우리는 그에게 강제 퇴실을 요구했다. 혁수는 모텔을 나서며 새된 목소리로 한마디 툭 던졌다.

"여기 다시는 안 올 거예요!!!"

방을 바꾸지 말고
프레임을 바꾸라고요

"제일 좋은 방으로 주세요!"

게릴라 세일로 예약한 고객이 요구했다. 여기서 '게릴라 세일'이란 객실 수요가 적어서 예약에 여유가 있을 때, 게릴라성 세일을 열어 예약자들에게 랜덤으로 방을 배정해주는 서비스다. 객실 사양은 다르지만 컨디션은 모든 객실이 거의 같아서, 가성비 좋은 방을 예약하고자 하는 손님들이 자주 애용한다. 당시 직원이었던 민세가 대답한다.

"게릴라 세일로 예약하시고 제일 좋은 방을 달라고 하심은…"

부당한 요구에 상응하는 대답이긴 하지만, 서비스직 차원에서 이 대답은 고객의 귀에 거슬릴 가능성이 높다. 이 경우에 해당

하는 모범답안을 답하시오. 5점짜리 문제, 정답은 아래에.

"네, 가장 쾌적한 객실로 배정해드릴게요."

우리 모텔은 객실이 층별로 1호부터 8호까지 있다. 201~208호, 이런 식이다. 그리고 호수가 높아질수록 객실 사이즈가 커진다. 하지만 고객들 마음은 알다가도 모르는 것. 어떤 날은 잔여 객실이 넉넉하여 여성 고객에게 207호 특실로 업그레이드해주었는데, 오히려 큰 방이 무섭다며 아담한 방을 달란다. 또 어떤 날은 게릴라 세일로 헐값에 작은 객실을 예약한 고객에게 1호 라인을 주었더니, 방이 코딱지만 하다고 바꾸어달라고 했다.

고민 끝에 우리는 유독 작은 객실인 1호 라인의 명칭을 '미니룸'으로 바꾸었다. 예약 단계에서 작은 공간임을 알리기 위해서였는데, 신기하게도 호칭을 바꾸었더니 고객 반응이 전혀 달라졌다. 미니룸이 아늑하단다.

우리는 미니룸에 힘입어 객실 명칭을 또 하나 변경했다. 실내 공간은 보통 벽면과 방바닥이 직각을 이루는 것이 일반적이다. 그런데 우리 모텔의 맨 꼭대기 층은 벽면이 60도 정도로 기울어져 있다. 나름 독특한 인테리어 구조로 받아들이겠거니, 별 고민 없이 예약을 받았는데 고객들은 왜 이딴 방을 주냐고 불만이 많았다. 특히 창문이 기울어져 있으므로 비 오는 날에 창문을 열면 물이 안으로 들어와 누전되는 사고까지 있었다. 이 애물단지 같은 방을 어떡하지. 고민이 늘어가던 어느 날, 만두가 아이디어를 냈다.

'큰 다락방' '작은 다락방'이라는 이름으로 바꾸는 거였다. 각종 OTT 서비스 옵션을 달고 금연실로 설정한 뒤에, 기울어진 창문 앞 간이테이블로 미니바 느낌까지 연출해보았다.

결과는 대성공이었다. 다락방은 이제 우리 가게의 시그니처가 되어 언제나 가장 먼저 매진된다. 기울어진 창문 밖 도시 풍경이 분위기에 한몫해주니 여행 온 관광객부터 실내 데이트를 즐기는 커플들에게까지 인기 만점이다. 이것이 바로 실전 마케팅이다. 프레임을 바꾸니 애물단지에서 가장 사랑받는 상품으로!

누구랑 일을 해야 할까

　나의 치명적인 단점은 지시를 내리지 못하는 것이다. 난 임원을 하더라도 회장보단 부회장이 편한 사람일 거다. 그런 나에게 가게를 맡겨두고 만두는 낚시하러 떠났다. 낚시 후에는 친구들과 잡아온 주꾸미로 한잔하고 온단다. 주꾸미가 다 웬 말인지….

　그날은 유독 건설업 현장에서 일하는 고객들이 많았다. 현장에서 일하는 손님들은 보통 온돌방 하나를 잡아두고 거기에 두세 명이 함께 투숙한다. 방에는 퀸사이즈 침대가 있지만 남자끼리 한 침대를 쓰기 뭐할 수 있으니 바닥에 까는 패드와 이불이 추가로 제공되었다. 하지만 이불 네 장의 무게는 은근히 상당해서 덩치가 작은 내가 들면 허리가 뒤로 휘어진다. 지시를 내리는 일에

약한 나지만 큰맘 먹고 야간에 출근한 남직원 경진이에게 업무를 부탁했다.

"경진아! 507호에 이불 두 채 가져다줄래? 내가 객실 점검할게. 아니면 네가 객실 점검하고 내가 이불을 가져다줄까?"

엄밀히 따지면 객실 점검과 이불 전달 모두 직원이 할 일이지만, 나 혼자 편안히 앉아서 직원을 부리는 것이 가시방석 같아서 하는 이야기였다. 그러자 경진이 시원하게 대답했다.

"사모님 마음대로 하십시요. 제가 '을'이고 사모님이 '갑'이잖습니까."

나는 그 대답에 솔직히 흠칫했다. 이 정도로 군기가 바짝 들어 있는 직원은 처음이었다. 다음날, 집에 돌아온 만두에게 어제 있었던 일을 전했다.

"오빠, 경진이 기본이 되어 있더라. 내가 뭘 물었더니 글쎄 나보고 뭐라는 줄 알아? '사모님이 갑이고 제가 을이잖습니까' 이러더라구. 요즘 보기 드문 녀석이야!"

나는 만두가 그를 칭찬하기를 기대했지만, 의외의 반응이 돌아왔다.

"그래? 경진이 일 오래 못하겠네."

"왜? 우리가 갑이고, 경진이가 을 맞잖아. 그리고 그 정도면

빠릿빠릿한 거 아냐?"

그러자 만두는 가만히 말했다.

"나는 어디서 누구 밑에서 일하든 한 번도 내가 '을'이라고 생각한 적이 없어. 나는 늘 '갑'이었어. 내가 맡은 업무에서는 내가 주인이니까. 나 없이는 일이 안 돌아가게 만들어야지. 을이라는 생각으로는 아무 데서도 오래 못 있어."

만두! 멋 짐 폭 발! 그래, 계약서상으로 을일지라도 맡은 바 능력으로든 자세로든 내가 갑이 되어야 직무에 아쉬움이 없다. 아쉬움은 사람을 약하게 만들고 비굴하게 만드니, 갑의 자세를 지키는 것이 전쟁터나 다름없는 이 사회에서 자신을 지키는 길이다. 실제로 3개월 후, 경진은 퇴직했다.

사람들에게
모텔이란 무엇일까요?

1998년 11월. 부모님은 10일 정도의 일정으로 나와 남동생을 남겨두고 미국 여행을 떠나셨다. 스무 살이 넘도록 통금 시간이 오후 10시였던 나는 이번에 주어진 자유를 놓치지 않겠다는 다짐을 했다. 때마침 고등학교 동창이었던 지영이에게서 연락이 왔다. 지영이는 간호조무사가 되고자 학원을 다니고 있었는데, 같은 학원 동생이 토요일에 남자친구의 친구들과 모이는데 여자 쪽 머릿수를 채워줄 사람이 있냐고 물었단다. 친구들 가운데 유도선수 출신들도 있다는 말에 귀가 솔깃해졌다. 그때는 또 한창 싸움을 잘하는 터프가이가 이상형이었기 때문이다.

"이번주 토요일 7시 '뿌리 깊은 나무'에서 봐!"

이 기회를 놓칠 수 없었다. 토요일이라면 부모님이 돌아오시기 딱 하루 전이었다.

지영이네와 만나기로 한 토요일 저녁, 나의 뽀글이 머리를 풍성하게 부풀리고 10cm쯤 되는 벽돌 굽 위에 올라섰다. 한 걸음 한 걸음 걸을 때마다 벽돌에서는 또각또각 규칙적인 소리가 났다. 그 소리에 먼저 와 있던 남자들이 일제히 내가 걸어들어오는 쪽으로 눈길을 줬고, 나 역시 빠르게 그들을 훑었다.

어디 보자, 괜찮은 놈이… 아직은 없어 보인다. 서둘러 자리에 앉았다. 좁은 테이블 간격 때문에 내 앞에 있던 느끼하게 생긴 남자와 무릎이 스쳤다. 그가 말했다.

"안녕하세요? 오우, 전기가 오네요."

귀 뒤로 머리카락을 넘길 정도의 장발을 한 탓에 옆에서 보니 꼭 경주마처럼 생겼다. 내 스타일은 아니지만 뭐, 신나게 놀다가 갈 거니까 웃어주자.

어른이 되고 정식으로 술자리를 처음 갖게 된 나는 무척 신이 나 있는 상태였다. '오렌지 방귀 누가 뀌었나?' '딸기게임' '베스킨라빈스31' '왕 게임' 등등 우리는 계속 종목을 바꾸어가며 술 게임을 달렸다. 술 게임은 말만 술을 걸고 하는 게임이지, 결국 모두가 술을 마시기 위해 존재한다. 흑기사, 흑장미, 대신 마셔주고 소원 들어주기 등을 하면서 이기는 사람도 결국 술을 마시게 되니깐 말이다. 그렇게 몇 차례 잔을 주고받으니 취기가 올랐다.

하나둘 알딸딸하게 술에 취해서 집으로 돌아갔으나, 타고나기도 타고났을뿐더러 20대 초반의 청정한 간이 제 역할을 톡톡히 한 덕분이었는지 웬 개구리처럼 생긴 남자애 한 명과 경주마, 그리고 나만 끝까지 남게 되었다. 시간은 새벽 5시가 되어가는데도 경주마는 그칠 줄 모르고 힘차게 달린다.

"그러니까, 나는 서른 살이 되면, 내 여자는 기사님 딱 부리게 해주고 손에 물 안 묻히게 해준다니까."

경주마는 그날 저녁 내내 작정한 듯 공수표 같은 어필을 내게 던져댔다. '딱 한 잔만 더 하자'라는, 술자리에서 가장 의미 없는 말로 벌이게 된 2차 술판. 경주마의 허세가 아침을 맞이하면서 우리는 각자의 집으로 향했다.

"개굴아, 얘는 내가 데려다줄게. 그래, 즐거웠다."

경주마와 함께 도착한 집 앞에서 동생에게 전화를 걸었다. 고등학생이었던 남동생 역시 부모님이 해외여행을 가시자 기말고사도 끝났던 판에 친구들과 근처에서 파티를 얼큰하게 할 거라 선언했었다.

"파티 끝났냐? 누나 지금 집 앞이야. 아직이라고?"

여벌의 현관문 열쇠가 없었던 나는 경주마에게 집에 갈 수 없음을 알렸고, 멀쩡한 집을 놔두고 하는 수 없이 근처에 모텔 방을 잡았다. 밤새 술을 마셨으므로 비몽사몽한 상태에서 우리는 세수도 하지 않고 잠이 들었다. 그러다 어렴풋이 잠에서 깬 경주마가 내게 말을 걸었다.

"혹시 〈약속〉이란 영화 봤어? 너, 깡패랑 양아치랑 뭐가 다른 줄 알아?"

배우 박신양과 전도연이 나오는 영화 〈약속〉이 엄청난 흥행을 기록하고 있던 시절이었다. 무슨 말을 하는지 가만히 들어보았다.

"양아치는 '한 번만 주라' 이러는 거고, 깡패는 '한번 하자' 하는 거야. 야, 한번 하자!"

'너는 무슨 하자는 말을 자다 깨서 하니' '그럼 네가 깡패라는 거니' 등등의 생각으로 혼란스러울 법도 한데, 그때의 기억을 더듬어보자니 조금 부끄럽지만, 나는 그 말에 앞뒤 잴 것 없이 곧장 반응했다. 그렇게 일은 순식간에 벌어졌다. 나에게 경주마가 처음 사랑은 아니었지만, 그렇다고 이런 일이 자주 있는 건 더더욱 아니었다. 오히려 처음이었다. 무엇이 그렇게 몸을 움직이게 하고 서로에게 이끌리게 만들었는지 모르겠다. 글은 인간의 사고를 틀 안에 가두어버린다. 그 시절의 경주마와 뽀글이의 만남을 어떻게 표현하면 좋을까? 그것은 너무 신비롭고 유일하면서도, 폭풍 같지만 한없이 보드라우며, 태양보다 더 붉고도 시원한 감정이어서 '운명'이라는 두 글자에만 보관하기엔 몹시 부당하게 느껴졌다. 그래서 나는 우리의 만남을 침묵하기로 했다. 표현하지 않겠다.

경주마가 모텔 영수증 뒷면에 전화번호를 휘갈겨 썼다. 건네니 받긴 했지만 나는 마음과 다르게 대답했다.

"어… 그냥 즐겼다고 생각해."

그게 끝이라고. 그날의 일탈을 생각하니 나쁘지 않았다는 생각이 들기도 했다. 이것도 경험이지, 처음 만난 사람과 잠을 자다니.

그후 부모님이 여행을 마치고 돌아오셨으므로 경주마를 생각할 시간은 없었지만 종종 그날의 일을 되새기며 '세상 쿨한 여자, 나 쫌 멋져' 하는 생각도 들었다. '실연에 힘들어하는 나'에 취해 술잔을 기울였던 아이는 이렇게 자랐다. 사람은 쉽게 변하지 않는다.

며칠 후 우리집 전화벨이 울렸다. 지영이 마음에 들었던 상대가 있었는데, 혹시 경주마한테 그 애 전화번호를 물어봐줄 수 있냐는 연락이었다. 나는 가방을 뒤져 경주마의 연락처를 찾았고, 경주마는 그 기회를 놓치지 않고 친구의 번호를 주는 대신 한 번만 자신을 만나달라고 했다.

다시 만났을 때 경주마는 알코올로 얼룩덜룩했을 머릿속으로도 내가 뱉은 사소한 한마디도 기억해주었고, 내 기준에 도달하기 위해 애썼다. 만남이 한 번이 되고 두 번이 되었다. 한 달 정도 지켜보다가 정식으로 사귀기로 결정했다. 내 취향에 따라, 긴 머리를 스포츠로 빡빡 깎는 조건으로.

처음 만났을 때 우리는 가면을 쓰고 서로의 얼굴을 숨겼다. 갓 스무 살, 그럴싸해 보이기 위해 하룻밤을 즐기는 여자와 남자라는 페르소나로. 그리고 한 달이 지난 후에 잠겨 있던 가면을 풀어 겨울 하늘을 향해 던져버렸다. 그때 알았다. 설렘과 떨림은 결코 처음에만 있는 게 아니란 것. 나에게 진지한 태도로 관심과 애정을 주면 가슴이 뛴다는 것. 슬로 스타터의 사랑도 있다는 것. 신기한 일이었다. 우리는 모텔 방에서 처음 만난 날 누구보다 뜨겁게 사랑했다. 그 사랑은 충동적이고 본능적이었지만 수치스러운 비밀이 아니었다. 우리는 간절히 바라왔기에 저 먼 우주로부터 여기까지 운명이라는 강렬한 별의 빛줄기를 타고 내려온 서로였다. 그리고 그것은 앞으로 시작될 아주 긴 사랑 이야기의 시작점이기도 했다.

우리는 만남의 첫날에 모텔에서 잤고, 그 김에 결혼을 했으며, 지금은 모텔을 운영한다. 어쩌면 우리에게 모텔은 궁전이 아닐까? 그래, 먼 우주의 양 끝단에서 출발해 우리는 결국 도착했다. 우주의 중심인 이곳, 사랑이 시작되는 곳. 모텔이 아닌 우주의 궁전으로! 그래서 우리에게 모텔의 의미는 특별하다.

덧, 경주마는 훗날 나에게 '만두'가 되었다. 나는 쫄면을 무척 좋아해서, 임신했을 때도 아플 때도 쫄면 한 그릇이면 힘이 났다. 그런데 쫄면 옆에는 항상 만두가 있으니, 그는 내게 만두가 된 것이다.

고사양 남자

관할경찰서에서 전 지역 숙박업소 프런트 담당 직원들에게 사진 한 장을 전송했다. 숙박업소에서 일하면 종종 이렇게 수사 협조를 바란다는 공문과 함께 어떤 인물들의 사진을 전달받는다. 이번 사진에 찍힌 것은 20대 후반의 남자. 민세는 사진을 보더니 "어!!" 하고 비명에 가까운 소리를 내뱉었다. 나 역시 곧바로 그를 알아보았다.

이 일을 오래하다보면 일종의 직업병이 생긴다. 사람을 한번 보면 그의 얼굴이 머릿속에 딱 캡처가 되는 것이다. 프런트에는 보안 관련 모니터, 객실 관리 모니터, 앱 관리 모니터 이렇게 세 대의 모니터가 있는데, 이 모니터에는 총 열여섯 대의 CCTV 화면이 떠 있다. 우리는 이 화면들을 통해 고객의 정보를 한꺼번에 읽을 수 있다. 이 현대문명에 노련함까지 더해지면 투숙객의 차량이나 가방, 옷과 머리 모양을 통해 어떤 객실을 예약했었는지, 숙박 손님이었는지 대실 손님이었는지 유추할 수 있다. 더욱이 청소와 객실 점검을 꼼꼼히 체크하는 나와 만두의 경우, 단 한 번 방문한 고객일지라도 그가 원했던 객실 타입, 입실과 퇴실 매너, 방을 사용하는 습관까지 모두 기억하는 편이다.

경찰서에서 보낸 사진 속의 남자는 오늘 입실한 커플 PC룸의 투숙객과 동일 인물 같았다. 이 남자, 알고 보니 전국을 돌며 고사양 하드만 훔치는 절도범이었다. 마침 민세는 이 남자의 핸드폰 번호까지 받아둔 차였다.

게임을 즐기는 투숙객들을 위해 고사양 PC가 설치된 게이밍룸을 개설한 지 몇 달이 지났을 무렵, 우리는 하나의 규칙을 정해두었다. 커플 PC룸을 예약한 손님이 숙박료를 현금으로 결제하면 꼭 손님의 연락처를 받아둘 것. 하드는 컴퓨터의 심장이자 뇌이다. 게다가 고사양이라면 기필코 수호해야 했다.

민세는 그의 입실 시간을 확인한 후 CCTV를 살폈다. 그다음 우리 지역에서 6시간이나 떨어져 있는 인천경찰서로 CCTV 화면 캡처본을 보냈다. 경찰들은 진범임을 확신해 곧장 출동하겠다

전했다. 우리는 경찰이 이 지역으로 오는 동안 범인이 도망가지 않도록 복도와 로비 CCTV를 통해 그를 철저히 감시했고 먼 거리를 달려온 경찰들은 무사히 범인을 검거할 수 있었다.

범인들아, 모텔 내 CCTV를 비롯해 너희들을 지켜보는 눈이 스무 개가 넘는단다. 그러므로 결코 완전 범죄는 없다. 멀리 튀면 된다니, 경찰들을 얕보지 마라. 전국적으로 협동 수사를 시작하면 3일 안에 반드시 잡힌다.

꼬리가 긴 남자

지난주부터 대학생들의 방학이 시작되었다. 방학 기간에는 평일에도 대실 손님이 엄청나게 많다. 덕분에 민세와 나는 오전 내내 퇴실한 방을 점검하다가도 새로운 고객의 체크인 연락이 오면 1층으로 내려가느라 왔다갔다 이리저리 모텔 내부를 방방 뛰어다녔다. 그러던 중 검은색 백팩에 황토색 모자, 카고바지 차림의 30대 중반쯤으로 보이는 남자가 커플 PC룸을 찾았다. 민세는 요즘 현금이 안 들어온다는 만두의 잔소리를 귀가 닳도록 듣던 차에 현금을 내미는 남자가 내심 반가웠다.

강두는 PC방에서 야놀자, 여기어때, 데일리호텔 사이트를 넘나들며 전국 고사양 PC가 설치된 숙박업소를 찾는 중이었다. 출소한 지 일주일밖에 지나지 않았지만, 또 병이 도졌다. 사실 처음부터 이랬던 건 아니다. 지방대 컴퓨터공학과를 우수한 성적으로 졸업했지만 작은 도시에서는 취업 자리가 마땅치 않았다. 지방대 출신을 대도시에서 뽑아주는 경우는 더더욱 없었다. 지방 공단 쪽 사무직은 초봉이 1,800만 원이었다.

'대학까지 나와서 연봉이 꼴랑 2,000도 안 된다고?'

초중고 쉴 틈 없이 학교와 학원을 다니며 열심히 공부했고, 지방에서는 취직이 잘 된다는 말에 나름 진입장벽이 높은 공대를 나왔건만…. 이렇게 취업이 안 될 줄 알았다면, 아니 취업이 된다 해도 교대직 공돌이들보다 사무직의 연봉이 박봉인 걸 알았다면 대학 대신 공업고등학교에나 갈 걸 그랬다는 후회도 든다. 지방에서도 백이 있는 놈들은 달랐다. 공단 쪽 임원들과 인맥이 닿아 있는 녀석들은 강두보다 좋은 조건으로 취업했다. 그는 순수하게 혼자 힘으로 일어서야 했다. 어찌저찌 회사에 들어갔건만, 한 달 후 통장에 찍힌 기본급은 90만 원이었다. 거기에 각종 수당이 붙긴 했으나 강두는 3일 뒤 사표를 냈다. 성공을 향한 강두의 집념은 사막의 태양보다 뜨거웠지만 한편으론 아스팔트에 붙은 껌처럼 쓸데없는 것이었다.

강두는 곧장 PC방 하드에 손을 대기 시작했다. 처음엔 구석에 있는 것부터 털기 시작했다. 한두 번 손에 익자 보이는 대로 털어 댔다. 물건은 인터넷 카페나 중고거래 플랫폼을 통해 비대면 거래로 판매했다. 이 길이 바로 자신이 가야 할 길이라 생각했다. 대학에서 배운 기술을 활용하는 일이었으니 남들 말대로 '전공을 살린 직업'이었다. 그러나 꼬리가 길면 잡히는 법. 정신을 차리고 보니 강두는 전과 5범이 되어 있었다. 출소한 뒤에 다시 취업을 하고 싶었지만 이제 서른이 된 강두에게 취직은 난제였다. 결국 또다시 PC방에서 숙박 사이트를 뒤진다.

"어디 보자. '고사양 게임 가능' 옵션인 곳 없나?"

강두는 지방 소도시에서 해당 옵션이 있는 모텔을 포착했다. 현금으로 계산한 후 입실했다. 전과 3범 시절까지만 해도 모텔에 들어갈 때 바보같이 숙박료 6만 원을 내고 작업했는데, 가만 보니 모텔에는 아름다운 대실 문화가 있지 않은가? 작업 시간은 20분 정도면 충분하다. 하지만 너무 빨리 나오는 것도 수상하므로 3시간 이상은 머물다 나오는 것이 상식이다. 오늘도 성공이다. 대실 요금 3만 원을 내고 작업 완료. 그리고 3시간쯤 있다가 방을 나섰다.

506호 손님이 외출한다더니 들어오지를 않는다. 민세는 갑자기 뭔가, 굉장히 싸한 예감이 들었다. 퇴실 시간이 다 되어도 돌아오지 않자, 마스터키를 가지고 올라가 방문을 열고 들어가봤다. 에이… 설마?

고사양을 자랑하던 컴퓨터가 깡통이 되어 있었다.

두 대 모두.

다른 날 같았으면 손님이 현금으로 계산했을 때 연락처를 받아두거나 신분증 확인을 했을 거다. 수배 전단 사건이 있었던 이후로는 더욱더 철저히 검사했다. 분명 그랬는데… 오늘따라 뭐에 씌었던 건지 그냥 들여보냈다. 게다가 여기 컴퓨터는 구매도 아니고 임대로 설치해둔 것이고, 엊그제 임대업체 직원을 불러 새 컴퓨터로 업그레이드까지 한 직후였다. 민세는 순간 '어떻게 업그레이드한 걸 알고 바로 왔지? 혹시…' 하는, 터무니없는 상상을 했다. 일단 사장님과 경찰에 신고하는 게 먼저였다.

2주 후 안산경찰서로부터 연락이 왔다. 절도범이 잡혔다는 소식이었다.

이 미친 아줌마가
아침부터 돌았나!

광기는 오늘도 예의바르게 "301호로 주세요" 하며 늘 쓰던 방을 지정했다. PC도 빠르게 돌아가고 침대 매트리스며 화장실 구조가 맘에 들어서였다.

야행성인 광기는 방만 미리 잡아두고 불타는 금요일 밤에 친구들과 밤새워 시간을 보낸 후 아침 8시가 되어서야 입실했다. 물론 퇴실 시간이 12시라는 건 알고 있었지만, 술이 술을 부르는 술버릇 때문에 오늘도 원고, 투고, 쓰리고, 포고까지 달렸다. 이후에 어떻게 방으로 들어온 건지 기억도 안 난다. 분명 두 발로 씩씩하게 걸어나가 네 발로 기어 들어왔으리라.

오후 12시. 프런트에서 퇴실 전화를 돌렸다. 12시가 되도록 나가지 않는 손님들을 이해할 수 없다. 나는 여행을 가서 숙소에 머물다 퇴실 시간이 되기 전에 늘 오전 11시쯤에 미리 나서는 편이기 때문이다.

'어떻게 12시를 꾹꾹 눌러 채우고 나가는 걸까?'

모니터를 본다. 손님들이 외출했다가 재입실한 시간을 체크해보았다. 오전 8시에 재입실한 301호 남자의 꿀잠을 깨부수는 것이 맘에 걸렸지만, 주말 오전 예약이 밀려 있어 하는 수 없이 수화기를 들었다. 앞쪽 손님의 편의를 봐주다보면 같은 객실을 예약한 다음 손님의 늦은 입실로 이어지게 된다.

몇 차례 전화를 안 받다가 겨우 들려온 남자의 목소리는 평소 예의바르던 모습과 달리 잠에 취해 있었다. 아니 술이 덜 깬 건지도.

"퇴실 시간입니다. 준비해주세요."

극적인 통화 연결 이후로도 몇 차례 더 독촉한 끝에 301호가 퇴실에 성공한다.

이 시간대에는 '전날 숙박 손님들의 퇴실-청소-당일 대실 손님들의 입실'이 이루어지므로 퇴실과 동시에 객실 내부를 환기시키는 것이 나의 일이다. 일련의 과정을 끝낸 뒤 키 박스를 확인한다. 있어야 할 키 숫자에서 하나가 빈다. 분명 306호가 퇴실했는데 박스에는 306호 키가 없었다. 그다음 예약 손님이 있었기 때문에 기재된 퇴실자의 안심번호로 전화를 걸었다.

"손님, 키 반납을 하지 않으신 듯합니다. 엘리베이터 박스에 키를 넣지 않으셨나봐요."

하지만 306호는 분명 박스에 키를 넣었다고 했다. 어떻게 된 거지? 탐정에 빙의해 CCTV를 찬찬히 돌려 보니, 글쎄 문제의 301호 손님이 306호 문을 열고 들어가는 것이 아닌가! 남자는 301호에 묵은 후 퇴실을 강요당하자(사실 퇴실 시간을 넘겨 전화한 것이므로 강요도 아니지만), 다른 손님이 넣어둔 306호 키를 가지고 그 방에 슬쩍 들어간 것이다.

306호는 하드 도난의 위험이 있는 고사양 PC가 설치되어 있기에 더욱 신경써서 관리하는 곳이었다. 나가라 해도 안 나가고, 심지어 반납된 키를 훔쳐 비싼 방에 들어가? CCTV 화면을 보던 나는 순간 참지 못하고 방으로 뛰어올라갔다. 그리고 마스터키로 방문을 열어젖혔다.

"손님, 지금 306호에서 뭐 하시는 거예요?!!"

사실 감정을 참지 못하고 무섭게 다그치기에 나는 안쓰러울 정도로 작은 키와 허약한 다리, 순둥한 생김새를 지녔다. 누가 보든지 참 만만하게 생겼다. 갑작스러운 호통에 깜짝 놀라던 전 301호, 현 306호 남자는 나의 실물을 마주하더니 도리어 적반하장으로 태도가 돌변했다.

"이 미친 아줌마가 아침부터 돌았나!"

"여긴 왜 들어오신 거냐고요!!"

"친구가 물건 두고 갔다고 해서 들른 거예요! 아, 아침부터 와이리 재수가 없노?!!"

걸걸한 사투리를 내뱉은 남자는 한 대 칠 듯이 나를 향해 오른손을 들어 보였다. 나 역시 지지 않고 전 301호이자 현 306호의 눈을 뚫어버릴 기세로 쏘아보았다. 둘 다 눈에 액체가 일렁였다. 남자의 눈에는 술이 고여 있었고, 나의 눈에는 히말라야 소금처럼 짠 눈물이 그렁그렁했다.

"…깜짝 놀라셨다면 죄송합니다."

기 싸움에서 결국 나는 패했다. 그리고 묵묵히 사과했다. 그럼 그렇다고 처음부터 말을 하고 들어갔으면 됐잖아…. 그렇게 남자를 보내고, 키는 안전하게 찾았음을 알리고자 다시 최초의 306호 손님에게 전화를 걸었다.

"고객님, 걱정하실까봐 전화드립니다. 키는 찾았습니다. 일행

분께서 두고 가신 물건을 찾으러 들어가셨더라고요. 고객님이 부탁하셨다면서요?"

그러자 306호 남자는 오히려 당황하며 말했다.

"네? 사장님, 저희 거기에 지인 없어요! 그 자식, 사기꾼이나 도둑놈 아니에요? 없어진 물건 없나요? 한번 그 사람한테 물어보시죠, 만약 제 친구라면 제 이름 뭐냐고요!"

확실히, 306호 손님은 예약자였으므로 이름이 아직 기록에 남아 있다. 사실 301호도 마찬가지로 이름과 연락처가 남아 있다. 따라서 그에게 시시비비를 따져 물을 수도 있었지만, 돌아섰다. 어차피 인생은 부메랑 아닌가? 자신이 쏘아올린 화살은 결국 자신에게 되돌아오는 법이다. 오히려 없어진 거 없냐며 나의 편을 들어준 306호 남자에게 '하는 일마다 흥하시라' 속으로 주문이나 걸어보았다.

그리고 놀랍게도 나에게 욕을 퍼부었던 301호 손님은 아직도 종종 모텔을 찾아와 같은 호수에 며칠씩 묵는다. 그리고 마주칠 때마다 나에게 정중히 인사한다. 그때의 그 '미친 아줌마'가 나인 줄 모르는 듯. 너는, 너어는, 하는 일마다… 휴, 아니다. 오늘도 이렇게 마음속에 경을 하나 새긴다.

신고 들어왔습니다

로비에 갑자기 경찰이 들이닥쳤다.

"여기요. 데이트폭력 신고가 들어왔는데, 혹시 시끄러운 방 없었나요?"

민세가 잠깐 생각하더니 조그만 소음을 기억하고 재빨리 대답했다.

"3층 끝 방에서 여자 비명소리가 들렸던 것 같아요!"

경찰들 가운데 한 명이 곧장 외쳤다.

"출동해!!!"

서너 명의 경찰들이 3층으로 향해 문을 두드렸다. 신고한 여자가 있는 방이 확실했다. 하지만 몇 분 후, 경찰들은 아내가 여

행을 가느라 한가득 끓여놓은 곰국을 며칠째 먹는 남편과 유사
한 표정을 지은 채 철수했다. 이유인즉 여자는 이 남자 저 남자를
만나며 상습적으로 경찰서에 데이트폭력 신고를 해오던 인물이
었단다. (민세가 들은 비명은 알고 보니 까랑까랑한 여성의 웃음소리
였다.)

2021년 어느 모텔에서 애인에게 감금폭력을 당하던 피해자가
기지를 발휘해 중국집에 전화하는 척 경찰에 신고해 위기에서 벗
어난 사건이 있었다. 그 때문에 모텔을 운영하는 우리 역시 최대
한 경찰 출동에 협조하는 편이다. 하지만 이런 허위신고라니. 공
익광고의 카피 같은 것이 떠오른다.

'당신의 무분별한 신고로 인해, 정말 위급한 누군가의 목숨이
위험해질 수 있습니다.'

세 얼굴을 가진 사나이

모텔은 번화가에 위치해 있으므로 정문 앞에 공용 주차장이 넓게 펼쳐져 있다. 거의 1~2년에 한 번씩 주차장 관리자가 바뀌는데, 시에서 계약한 관리자가 기초생활수급자나 장애인을 고용하고, 고용된 사회적 약자들이 일당 8만 원을 관리자에게 납입한 후 차액을 가지는 구조다.

주차 관리라는 직무는 봄가을에는 할 만하지만 무더운 여름이나 추운 겨울이 되면 정말 못할 일이다. 이곳 공영 주차장은 특히 면적이 한쪽 끝에서 반대쪽 끝까지 2km도 넘기 때문에, 누군가 주차 시간을 초과하더라도 홀라당 액셀을 밟아 나가버리면 그만일 때도 많다. 그래서 관리자들은 자전거나 킥보드로 요금을 받으러 이리저리 뛰어다니는데 그 또한 비가 오거나 눈이 오는 날이면 쉽지가 않다.

주차요원들의 이러한 고충을 몇 년간 봐왔으므로 우리는 모텔 손님들을 위해 로비에 비치해놓은 물이나 커피, 얼음, 컵라면과 팝콘을 그들도 상시로 먹도록 해주었다.

처음엔 그래도 되느냐 하며 감사해하던 주차요원들이었는데 갈수록 가관이다. 시작은 생수 한 통, 음료수 1~2개 정도였다. 그러다 점점 횟수가 잦아지더니, 한 시간에 몇 번씩 음료를 마시고 중간에 컵라면까지 매일매일 먹어치웠다. 그러다 언제는 친구를 데려와 로비 소파에 앉혀놓고 팝콘과 커피를 먹으라며 나눠주더니, 급기야는 퇴근할 때 컵라면과 생수를 몇 개씩 가방에 담아가는 것이다. 그 모습을 보고 한마디 하려다가 짠한 마음에 관두었다. 그런데 어느 날부턴가 주차요원이 모텔 로비에 보이지 않았다.

"요즘 그 사람 안 오네?"

만두에게 내가 물었다.

"내가 한마디 했다. 정도껏 해야지."

모두가 그런 것은 아니지만, 이번 주차요원에게는 좀 특이한

점이 있었다.

이곳에 온 지 얼마 되지 않았을 때의 일이다. 내가 차를 31분 동안 주차한 후 500원을 내자 화를 내며 기어이 1,000원을 달란다. 30분에 500원 아니냐고 묻자 버럭 화를 냈다.

"시끄럽고 빨빨 1,000원 주고 가시오. 더워서 짜증나 죽겠구만."

그는 늘 이런 식으로 나뿐만 아니라 온 동네 사람들과 언성을 높여 싸우곤 했다. 그런데 이렇게 나에게 화를 내다가도 당시 지배인이었던 영민이나 영준을 마주치면 태도가 180도 달라졌다.

"안녕하십니까, 지배인님 아니십니까? 날이 많이 덥지요?"

살랑살랑 말을 걸며 허리를 힘껏 굽히고 인사했다.

그러던 어느 날 내가 근무하느라 프런트 안에 있는데, 주차요원이 음료를 마시러 들어오길래 우리집에 왜 왔냐는 표정으로 말을 걸었다.

"어? 맨날 나한테 화내는 아저씨가 여기 왜 오셨나요?"

주차요원은 당황하며 속사포로 말을 쏟아냈다.

"아~~~ 사모님이시구나. 아, 사모님 몰라 뵈어서 죄송합니다. 젊은 나이에 성공하셨네요. 사모님 같은 건물주, 사업하시는 분들은 하늘이고 나같이 주차장 관리하고 청소하는 놈들은 핫바지 아닙니까? 아, 사모님 진짜 멋지십니다."

엄지손가락을 척 들어 보이며 나를 치켜세웠다. 그후로 주차요원은 나의 차가 100미터 전방에서만 보여도 달려와 군인들의 '충성' 하는 경례를 해 보였다. 어찌나 부담스러운지 괜히 말 걸었다 싶을 수준이었다.

어찌 되었든 계속 얼굴 마주할 사람, 주차요원과는 다시 좋은 말로 마음을 풀고 잘 지내고 있었다. 간식을 챙겨주는 대신, 오후 5시 이후 가게 손님 차들은 1,000원에 무제한으로 주차하도록 협상도 했다. 나와 조금 친해졌다고 여겼는지 그는 종종 로비에 와서 나에게 신세 한탄을 하곤 했다.

그날도 주차요원은 로비에 서서 주차장 관리 못해먹겠다는 둥 사람이 할 짓이 못 된다는 둥의 이야기를 시작했고, 나는 프런트에서 이를 들어주고 있었다. 로비와 프런트는 코로나로 인해 아크릴판으로 가려져 있고 손바닥만 한 구멍이 나 있어 그곳으로 객실 키나 세면도구 팩을 준다. 그런데 한참 이야기를 하던 중, 갑자기 구멍으로 쑥 들어온 그의 손이 내 팔목을 붙잡았다. 당황한 내가 아무리 팔을 빼려고 해도 뺄 수가 없었다. 주차요원은 나의 눈을 바라보며 어떤 사인을 보냈다. 뭐요, 뭐요. 나는 그 뜻을 전혀 알 수 없었다. 다행히 다른 손님이 들어서며 상황은 마무리되었지만, 나는 그 이후로 조금씩 그를 멀리하고 있었다.

문제 상황은 이뿐만이 아니었다. 며칠 후 주차요원은 술 냄새를 풍기며 로비를 들락거렸다. 원두커피만 벌써 여섯 잔째, 팝콘은 네 봉지째였다. 안 되겠다 싶어 한마디 했다. 물론, 나 말고 우리 엄마가.

"여여, 아저씨!! 우리도 이거 다 돈 주고 손님들 줄라고…"

"에라이, 씨발, 안 먹어요! 퉤퉤!"

엄마가 말을 꺼내자마자 얼큰하게 취해 있던 그는 다짜고짜 욕을 하더니 커피를 입구에 집어던지며 나가버리는 것 아닌가! 감히, 우리 엄마까지, 함부로 대해? 내게 한 짓도 모자라 엄마에게 저딴 상스러운 욕을 했다는 게 용납되지 않았다. 엄마도 너무 황당한 나머지 "허허" 허탈한 웃음을 지으셨다. K-효녀로서 가만둘 수 없다.

"처돌았나, 어디서 어른한테 욕질이야, 이 새끼가! 네가 처먹은 걸 생각해야지. 사람이 좋을 때나 좋은 게 좋은 거지. 다시 말해봐! 우리 엄마한테 뭐라고 했어, 이 씨발놈아!"…라고 하고 싶은 마음이 간절했지만, 화가 나는 마음보다 내심 지난번 일로 무서웠던 마음이 더 컸기에 우물쭈물 엄마께만 사과를 드렸다.

"죄송해요. 저 새끼가 돌았나봐요."

"아니다. 취한 사람 상대하는 거 아니야."

다음날 술이 깬 주차요원은 아무 일도 없었다는 듯 로비로 들어와 여느 때처럼 '충성'과 함께 커피를 마셨다. '사모님 안녕하십니까', 8월의 해바라기처럼 밝게 웃으며 인사를 한다.

다시 한 달이 흘렀다. 주차요원의 출근이 늦다. 오전 10시쯤 되었을까? 로비로 절뚝거리며 들어오는 그의 얼굴을 보니 눈가에 시퍼런 멍이 들어 있다.

"사모님, 오늘 제가 늦었습니다. 물리치료 받느라고요. 어제 저 디지게 맞아부렀습니다."

그렇게 살다 한번은 처맞을 줄 알았다. 어제도 주차요원은 차주와 단 몇 분 차이를 두고 실랑이를 벌였단다. 그의 욱하는 성질머리와 함께 불쑥 튀어나온 욕지거리가 차주의 귀에 거슬렸을 것이다. 다만 이번 차주 역시 주차요원에 버금가는 불같은 성미를 가졌던 거지. 그래서 두들겨 맞았을 테고. 고약한 성질머리로 천상천하 유아독존이던 그는 이제 깨달았을 것이다. 사람 위에 사람 없고, 사람 아래 사람 없다는 사실을.

"그러게 아저씨 성질 좀 죽이세요. 아무나한테 소리치고 화내

시다가 큰일 당하세요. 이만하길 다행입니다."

그리고 이제 그는 다른 공용 주차장으로 일터를 옮겼다. 알고 보니 그는 번번이 납입금 8만 원을 내지 못했다는데, 새로 간 그곳에서는 인격도 납입금도 적자 없이 잘 관리되고 있기를 바라본다.

우리는 두 얼굴을 가지고 살아가요

아내로서, 두 아들의 엄마로서 살아왔던 내가 모텔 운영자로서의 삶을 살기 시작한 지 어언 7년 차다. 아내일 때는 순한 양처럼, 두 아이 앞에서는 바른말 바른 행동을 하는 엄마처럼 굴지만 모텔에 오면 사나운 살쾡이의 탈을 쓰고 거친 말과 우악스러운 행동도 서슴지 않는다. 가끔은 되는 대로 내뱉는 듯한 나의 말투에 스스로 흠칫할 때도 있으나, 인간이란 원래 선과 악을 동시에 가지고 있는 존재가 아니던가? 단지 상대적인 것일 뿐. 분유값이 없어 마트에서 분유를 훔치는 남자, 마트에서는 악한 존재겠지만 가정으로 돌아가면 아이 밥을 구해온 처절한 아빠겠지. 그렇다고 내가 가정에서는 선을, 모텔에서는 악을 내세운다는 뜻은 아니다. 오늘도 나는 프런트에 앉아 최선의 선의를 부르짖는다. 모텔 주인을 시험에 들게 하지 말지어다!

이때 나이 지긋하신 할아버지 할머니의 갑작스러운 등장. 할아버지는 앞문으로, 할머니는 2분 후 뒷문으로 오셨다. 할아버지는 내게 낮은 층수로 달라며 귀띔하고는 먼저 엘리베이터를 타고 올라가셨다. 뒤이어 들어온 할머니는 할아버지께 어떤 사인을 받았는지 팝콘과 라면을 챙겨 자연스럽게 203호로 향했다. 누가 봐도 둘은 불륜 관계다. 30분도 채 되지 않아 퇴실하는 어르신들. 이번에도 할아버지가 먼저 나가시는데, 할머니께서 나가다 말고 검은 봉투에 팝콘 두 봉지와 라면을 챙기셨다. 이야기를 할까 말까 하다가 그래도 원칙을 지키자는 마음으로 한마디 건넨다.

"다 가져가시면 안 돼요!"

그러자 할머니는 봉투에서 팝콘과 라면을 꺼내 다시 제자리에 놓는다.

"하나만 가져갈게요! 손자 줄라고."

어르신과의 만남으로 감정적 욕구가 채워지자, 곧바로 집에 있는 손자를 생각하는 할머니의 이성적 욕구는 우리가 어쩔 수 없는 인간임을, 언제나 우리는 사람으로 살아가게 될 거라는 적잖은 희망을 품게 한다.

사람이니까 그냥 이해해버리자

띠리링. 알림음이 울린다.

"별점 반 개, 야놀자 후기입니다."

별점은 반 개. 에어컨이 되지 않는다는 이유였다. 때는 11월 25일, 간간이 바람이 매서운 계절이었다. '11월 말에 고객이 에어컨을 틀지 않을 거란 꽉 막힌 발상이 놀랍네요'라는 리뷰와 함께 별점 반 개를 받았다. 아니 11월 말에 보일러 문제라면 억울하지 않을 텐데 에어컨 때문에 별점을 빼앗기다니. 한쪽에서는 춥다고 별점 테러고, 한쪽에서는 에어컨이 안 된다고 별점 테러였다. 금연실에서 흡연하는 사람이 있는가 하면, 흡연실에서 담배 냄새가 심하다는 사람이 있다. 은하와 은하 사이도 아니고 얇은 벽과 벽

사이에서 사람들은 어쩜 모두 이토록 다르게 생겨먹은 걸까? 나는 어느 장단에 맞추어 춤을 추어야 하는가?

삐뽀삐뽀 진상처리반 임무를 마치고, 모처럼 초등 6학년 동창들과의 약속 장소로 향했다. 프라이버시가 보장되는 최고급 한우집이었다. 와인과 한우의 환상적인 콜라보는 우리의 볼을 발그레하게 물들였다.

"덥다."

"창문 좀 열자."

불 기운과 와인이 우리를 살짝 달아오르게 한 것인지 너도나도 한마디씩 한다. 그때 동일이가('H' 부동산을 운영하며 스타벅스 매장 거래만을 전문적으로 다루는 녀석인데, 오늘 한우집이 'H' 식당이라 장소 한번 잘 골랐다며 호탕하게 웃었다) 툭 던지는 말이!

"야, 그냥 에어컨 좀 틀자."

다른 친구들은 몰랐겠지만 나는 당황한 표정을 감출 수 없었다. 바로 몇 시간 전에 에어컨으로 인해 마음의 상처를 입은 상태였다. 동일이가 잘못되었다는 게 아니다. '그럴 수도 있었겠다'라는 가능성을 아예 배제했던 나의 사고방식에 스스로 놀랐던 거다. '그럴 수 있어'라는 말은 실제 입 밖으로 내뱉었을 때 더 효과가 있다. 그래, 그럴 수 있어. 비난은 옳지 않아. 그건 누구에게도 도움되지 않아.

그냥 사람을 이해하자. 이해해버리자. 사람이니까.

외도라는 섬

주간 직원이 퇴실한 방에서 손님의 핸드폰을 습득했다며 내게 맡긴다. 30분 정도 뒤에 핸드폰 벨소리가 울린다. 화면에는 '지우 아빠'라고 뜬다. 받을까 말까 하다가 우선 받았다.

"여보세요? 네, 손님께서 여기 핸드폰을 두고 가셔서요."

7년 전 캠퍼스 커플이었던 현우와 예지는 결혼 후에 현우의 직장을 따라 거제에 신혼집을 마련했다. 예지의 대학 선배였던 현우는 지방이지만 공과대학교를 수석으로 졸업하며 조선소에 곧바로 입사했다. 거제 조선소는 대한민국에서 알아주는 국가산업단지로 10년 차가 되면 1억이 훌쩍 넘는 연봉을 받는다. 지역 엄마들 사이에서 딸을 공단에 다니는 남자와 결혼시키기 위해 대학에 보낸다는 소문이 돌 정도였다.

현우가 공단에 입사하고 얼마 되지 않아 두 사람은 결혼식을 올렸다. 24살의 예지, 결코 많은 나이는 아니었다. 그런 와중에 신혼생활 6개월 만에 아이가 생겼다. 주위 어른들은 애가 애를 낳는다고 염려했다. 서로의 이름에서 한 글자씩 따서 '지우'라 지으며 둘은 마주보고 웃었다. 하지만 지우를 가진 기쁨은 잠시였다. 지우가 생긴 후 예지는 세상에서 가장 슬픈 방구석에 감금되었다. 그 방은 칙칙하고 고립되어 있어 예지를 피난민처럼 만들었다. 그 슬픔만이 가득한 방구석에서 지우는 예지의 매끄럽고 황홀했던 젊음을 망가뜨렸다.

요즘 들어 현우는 집에 오면 잠만 잤다. 교대근무로 매번 녹초가 되어 귀가하는데, 수유하는 소리 때문에 자꾸 새벽에 깨길래 아예 각방을 쓰기 시작했다. 사실 현우는 여자에서 엄마로 변해가는 예지가 어느 순간 낯설게 느껴졌다. 머리는 제때 씻지 못해 헝클어져 있었고, 눈빛은 초췌했으며 몸에서는 상한 우유 냄새가 났다. 예지만 난리인 것이 아니었다. 집에서 대체 무얼 하는지 설거지는 한가득, 집안은 난장판이었다. 예지가 육아의 고충을 토로했지만, 현우는 이해하기 힘들었다. 따뜻한 집에서 남들보다 더 넉넉히 벌어다주는 돈이나 쓰면서, 남들 다 키우는 애 하나를 가지고 징징대니 귀에서 피가 날 지경이었다.

무신경하고 이기적인 현우 때문에 예지는 요즘 하루하루가 한겨울 빙판길이었다. 하지만 이혼한다 치면 변변한 경력도 없는 자신이 어떻게 아이를 먹여 살릴 텐가. 문제는 결국 돈이었다. 언젠가부터 친구 결혼식에만 가면 눈물이 났다. 또르륵 떨어지는 것이 아니라 멈춰지지 않는 꺼이꺼이 울음이었다.

신생아 분리불안을 막기 위해 생후 24개월부터 아이를 어린이집에 등원시키라는 육아 전문가들의 조언에 따라, 예지도 지우의 두 돌을 치르자마자 영유아 어린이집부터 알아보았다. 현우도 동의했다. 지우가 어린이집에 다니기 시작하자 예지는 운동도 하고 동네 주민들과 카페에서 맘껏 수다도 떨었다. 몇 년 만에 돌아온 여유였다. 예지의 몸은 예전의 모습을 되찾아갔지만 마음은 아직도 방구석에 머물러 있었다.

"지우 엄마, 그러다 우울증 걸려. 바람 좀 쐬고 그래야 그 힘으로 아이도 돌보고 살림도 잘하는 거야. 집에만 있다고 다 좋은 게 아니야."

어느새 예지와 언니 동생 하는 사이가 된 이웃집 여자가 경험이라는 듯 말했다. 여자의 남편도 현우와 같은 공단에 다니고 있었다. 기실 이 동네 남편들은 다 현우의 직장 동료인 셈이다. 그 옆에, 그 옆에, 그 옆에 엄마들도 고개를 끄덕였다.

"게다가 두 사람 아직 젊잖아. 지우가 있어서 그렇지, 사실 신혼이나 다름없는데."

생각해보니 남편과 잠자리를 가진 지도 거의 1년이 넘어가고 있었다. 지우를 낳고 기르는 동안 현우의 무관심은 예지를 완전히 무너뜨렸다. 둘이 함께 쓰던 침실은 침묵만이 가득했으며, 그 침묵을 깨트리는 것은 어린 지우의 울음소리뿐이었다. 그때 아이가 셋인 여자가 말했다.

"저흰 딱 세 번 하고 세 번 임신했어요."

"아하하하하, 나도 나도. 두 번 하고 둘째까지 임신했잖아."

"뭐? 나돈데!"

다들 비슷하다는 듯 웃었다. 남 일 같지 않았다. 예지는 자신이 특별히 섹스를 좋아하지 않는 타입이라고 생각해왔다. 뭐 사랑하니까 남편과도 잤던 거지 하면서. 주변에서 그런 농담을 하면 손사래를 치며 얼굴을 붉히거나 말을 아끼는 편이었다. 그런데 아이를 낳고 사실상 섹스리스 부부가 된 이후로 좀 변했다. 생전 그런 적이 없었는데, 어느 날 모르는 남자와 자는 꿈을 꾸다

깼다. 그런데… 기분이 아주 좋았다. 과거 주변 언니들이 생리하기 일주일 전이면 꼭 하고 싶어진다던 말이 그제야 이해되기 시작했다.

그날부터 온통 섹스에 관한 생각이 들었다. 길가에 연인들이 걸어가면 '저 사람들은 잤을까?' 했다. 손깍지를 끼고 걸어가는 청소년 커플을 보고도 '쟤네 잤을까?' 팔십 먹은 노부부를 보면서도 '아직도 잘까?' '엄마랑 아빠는 아직 잠자리를 할까?' '저 선생님도 부인이랑 잘까?' '윗집 아줌마도 남편과 잘까?' 하면서 보이는 사람마다 그들의 속사정이 궁금해지는 것이었다. 그러다가 고개를 휙휙 저으며 이러는 자신이 미쳐버린 건가 싶었다. 내가 이런 생각을 하다니! 이것은 섹스의 문제가 아니었다. 예지는 외로웠다.

그러던 어느 날 이웃집 언니로부터 전화가 왔다.

"지우 엄마, 자기 신랑 이번주 야간이랬지? 불금을 그냥 보낼 수 없잖아. 최대한 예쁘게 하고 나와! 자기 스트레스 한번 찌인하게 풀자. 지우는 친정엄마한테 여쭤봐. 이제 두 돌도 지나고 자기 의사 표현도 조금씩 하잖아. 외할머니 좋아한다며. 남편한테는 친정에서 하루 자고 온다 해!"

예지는 망설임 끝에 이웃집 언니들과 몰래 외출하기로 했다. 처음엔 큰 죄를 지은 것 같았다. 자꾸 지우가 생각났다. 그렇지만 한편으로는 자신도 사랑할 줄 아는 능력이 있었음을, 사랑받을 수 있는 사람이었음을 떠올렸다. 심장 깊은 곳에서 그 어떤 것이 힘차게 뛰기 시작했다. 모든 사랑은 나 자신을 사랑하는 일에서 출발하는 거 아닌가? 그래, 사랑하고 오자. 다시 사랑하기 위해서.

1차로 해물 삼합에 소맥을 먹고, 2차로 나이트클럽에서 이리저리 웨이터 손에 이끌려 부킹에 응했다. 예지는 여전히 젊고 예뻤기에 너도나도 예지에게 말을 걸기 바빴다. 함께 외출한 언니들이 웃으며 그녀의 인기가 자신들의 일인 양 기뻐해주었다.

"누나, 진짜 동안이다. 애가 있다는 게 말이 돼, 지금? 내가 누나보다 두 살 어린데, 얼굴만 보면 내가 오빠 같지 않아요?"

자신의 옆자리에서 너스레를 떠는 남자를 찬찬히 살펴보았다. 탄탄해 보이는 가슴과 곧게 펴진 어깨, 팔다리는 길쭉했다. 반곱슬의 머리카락이 구릿빛 피부와 조화를 이뤄 남성미가 넘쳤다. 낮게 울리는 목소리까지, 예지의 모든 감각을 자극했다. 사랑의 부재와 양심의 부재 중에서 어떤 것을 선택해야 할지 예지는 망설여졌다.

기억은 여기까지였고 깨어보니 모텔이었다. 시간은 새벽 5시 50분. 먼저 깨어난 예지는 어쩐지 인기척을 내지 못했다. 차라리 남자가 먼저 깨어나길 바랐는지도 모른다. 예지는 억지로 눈을 감았다. 떨림, 두려움, 죄책감, 두근거림, 욕망과 더불어 노후된 양심이 숙취와 함께 몰려왔다. 얼마의 시간이 더 흘렀을까. 도저히 못 참고 일어나 냉장고에서 물을 꺼낸다.

"나도 물."

언제 깨어났는지 뒤에서 남자가 말했다. 예지가 물을 건네자 생수를 벌컥벌컥 들이켰다. 갈증이 어느 정도 사라졌는지 남자가 예지의 손을 다시 잡아끌었다.

"가야 돼."

조금씩 현실로 돌아오기 시작하는 정신머리에 예지는 두통이 이는 걸 느꼈다. 그러나 남자는 아랑곳하지 않고 예지를 붙잡았다.

"조금 더 쉬었다가 가. 딱 30분만."

그러고는 예지에게 다가와 키스했다. 입에서 목으로, 목에서 목 아래로, 그리고 더 아래로 향하다가 딱 중간 지점에서 멈췄다. 남자가 고개를 들어 예지의 눈을 보았다. 예지도 난생처음으로 자신을 애무하는 남자의 눈을 또렷하게 쳐다보았다. 지금껏 현우와 섹스할 때면 언제나 눈을 감았다. 그래야 한다고 생각했다. 하지만 지금 바로 여기에서 그녀는 이 행위를 목격해야 했다. 지금 이곳에 있는 여자는, 이 남자와 섹스하고 있는 여자는, 누구의 아내도 누구의 엄마도 아닌 그녀 자신이라는 것을 두 눈으로 지켜보고자 했다. 이 본능이 광기어린 짓일지라도 그리고 추악한 몸짓일지라도, 그래서 먼 훗날 예지의 삶에 깊은 상흔을 남길지라도, 질주는 멈추지 않을 것이다. 지금 멈춘다는 것은 달콤한 꿀의 세계에 도달하지도 못한 채 꽃을 머금다 뱉는 거와 같다. 예지는 꽃잎 한 장까지도 전부 꼭꼭 씹어 삼킬 생각이었다. 남자가 말한 30분이 지나고, 두 사람은 해장하러 모텔을 나섰다.

진동과 함께 핸드폰 화면에는 '지우 아빠'라고 뜬다. 받을까 말까 하다가 우선 받았다.

"네, 혹시 예지 옆에 있나요?"

젊은 남자의 목소리다. 나는 손님이 가게에 핸드폰을 두고 가셨다고 말했고, 남자는 그곳이 어디냐고 묻는다.

"여기 모텔이고요. 여기 지인분이 전화기를…."

거기까지 말하는데 수화기 너머에서 이상한 기류가 느껴졌다.

"네? 모텔…이라고요?"

갑자기 심장이 쿵쿵 뛴다. 그리고 약간의 순발력으로 침착하게 다시 대답했다.

"네, 저희 직원이 '근처'에서 핸드폰을 주웠다고, 찾으러 올 수도 있으니 보관하라고 전달받았어요."

나름대로 돌려 말했지만 남자의 목소리는 이미 사정없이 떨리고 있었다.

"모텔, 모텔? 몇 시에 들어갔는지 알 수 있나요? 누구랑, 누구랑 갔는지 알 수 있나요?"

이걸 어쩌지. 본의 아니게 내가 스모킹건이 되어버렸음을 깨닫고 만다. 이런 일에 휘말리면 뒷맛이 씁쓸하다. 은근슬쩍 빠져나갈 수 있도록 수습을 시작해본다.

"여기서 주무신 건지는 모르고요. 여기가 번화가라서 핸드폰 주인분께서 어딜 가셨는지 모릅니다. 핸드폰을 주운 위치가… 자세한 건 저희 직원이 알 거예요. 제가 물어볼게요."

그러고는 화제를 돌리기 위해 핸드폰을 찾으러 올 것인지를 물었다. 남자는 억울한 일을 당한 사람의 목소리로 토해내듯 말한다.

"하… 여기가 지금 통영입니다, 통영. 제가 교대근무를 마치고 왔고요. 그 사람 애 엄마예요. 애기도 어립니다….”

생판 남에게 자기가 무슨 말을 하고 있는지도 모르는 듯했다. 하지만 덕분에 머릿속 퍼즐 조각들이 전부 연결되었다. 남자는 거제 조선소에서 2~3교대 근무를 하고 아이는 아직 어리며, 남자가 근무를 간 사이에 여자는 아이를 친정에 맡기고 놀러 나간 것이다. 남편의 교대근무와 아내의 독박육아. 말로만 듣던 이야기가 우리 모텔에서 실제로 일어나다니! 나 역시 만두가 교대근무를 하던 시절 내내 독박육아를 했던 경험이 있으므로 그녀의 외로움을 이해한다. 하지만 결국 가족의 안온에 종지부를 찍은 것은 그녀다. ‘지우 아빠’에게 사실을 그대로 이야기했다면 상황은 더 좋아졌을까? 알 수 없다. 누구에게나 있는 직업윤리가 나에게도 있다. 고객에 대한 애정과 윤리적 의무 사이의 내적 갈등은 언제나 큰 숙제다. 과연 무엇이 옳은 선택인가? 나는 정의로운 사람임을 자처하면서도 매번 낯선 이들의 상황에 대하여 어떤 것이 참다운 정의인지를 의심하게 된다.

3개월 후, ‘지우 아빠’에게서 연락이 왔다.

“변호사 대동해서 갈 건데요, 배우자 외도 증거 확보 때문에요. CCTV 확인 가능할까요?”

2부

하지만 이미 2주가 지난 상태라, 우리에게 남아 있는 자료는 없었다.

내가 일부러 그랬겠어요?

나는 오늘도 담배와 전쟁중이다.

"예약하신 객실은 금연실입니다!"

일부러 힘주어 말하는 내게 고객은 장담하듯 대답한다.

"네, 저희 담배 안 피워요!"

이런 해맑음에 한두 번 속은 내가 아니기에 다시 한번 강조한다. 그리고 만약의 경우를 대비해 당부했다.

"만약 너무 피우고 싶으실 때는 최대한 화장실에서 부탁드립니다."

말 잘 듣는 아이처럼 고개를 연신 끄덕인 여자와 남자는 객실 키와 세면도구를 받아들고 방으로 향한다. 엘리베이터에서 내림과 동시에 남자는 여자친구를 향해 웃으며 말한다.

"피워도 돼. 피워도 돼."

아니요, 안 된다고요. 하지만 어쩌겠는가, 술과 담배, 모텔은 떼려야 뗄 수 없는 관계다. 애초에 비흡연자라면 상관없겠지만 흡연자일 경우 술 한잔 마시고 살을 맞대면 공연히 허공에 뱉어 내는 담배 연기가 간절해질 수 있다. 그 마음은 충분히 이해하며 존중한다. 그러나 프린트에 앉아 있으려니 종종 손님들에게 되묻고 싶어지는 순간이 있다.

늘 똑같은 질문을 던진다.

"예약하셨나요? 예약자분, 성함이요. 유하늘님, 흡연하시나요?"

"네, 흡연하는데요."

당당하게 흡연 여부를 밝히는 남자에게 흡연실 키를 건넨다. 키를 받아 605호로 들어간 커플이 1분 후 프런트로 다시 내려온다. 무슨 일인지 묻자 대뜸 이렇게 말한다.

"아, 담배 냄새 안 나는 곳으로 주세요. 605호 냄새 너무 많이 나는데요!"

본인은 흡연자고, 방에서도 피울 것인데 담배 냄새 안 나는 곳으로 달라니. 이 고객의 조상은 전래동화에 나오는 놀부 아저씨라도 되는 걸까? 하지만 이런 고객은 그나마 낫다. 면전에서 컴플레인을 거는 사람이 모텔 주인 입장에서는 진상 중 고급 축에 속한다. 아무 말 안 하다가 갑자기 리뷰로 사람 묻어버리는 고객들이 있기 때문이다.

요즘은 어느 자영업이나 온라인 광고를 많이 하기 때문에 외부에 노출되는 리뷰가 생명이다. 좋은 리뷰로 가게의 신뢰를 쌓기란 아주 오래 걸리지만, 좋지 않은 리뷰 하나만으로 가게의 이미지는 한순간에 추락한다. 100-1은 99가 아닌 0이다. 백번 잘해도 한번 실수로 제로가 되는 세계. 우리도 마찬가지다. 각종 플랫폼에 올라오는 후기들이 여간 신경쓰이는 게 아니다. 차라리 다른 업종이라면 SNS 후기 이벤트라도 할 텐데, 업종이 호텔이나 펜션도 아닌 모텔이다보니 이벤트를 해도 사람들이 드러내주질 않는다. 왜요, 모텔이 뭐가 어때서요.

"이담비님, 예약하신 객실은 금연실입니다."

그날도 분명히 금연 객실임을 안내했다. 그런데 청소하러 가보니 종이컵으로 두 컵이나 담배꽁초가 쌓여 있다. 정말 한두 번도 아니고 매번 이런 식이다. 사실 이담비 고객은 단골이다. 늘 금연실을 예약해놓고(금연실은 넷플릭스에 디즈니플러스까지 옵션으로 추가되어 있다) 담배를 몇 대씩 피운다. 자주 찾아주는 손님이었기에 장사가 영 안 될 때를 대비해서 참아왔다. 환기하고 말지 싶어 별말 안 했는데 이제는 대놓고 피워댄다.

금연실에서 이렇게 줄담배를 피우면 다음 예약 손님에게 피해가 고스란히 돌아간다. 운영자가 아무리 환기하고 방향제를 써도 벽지나 가구에 배어버린 냄새와 유해 성분은 그대로다. 참다못한 직원 하나가 고객에게 따졌다.

"금연실을 예약하셨는데 담배를 피우신 흔적이 있습니다. 규정대로 당일 숙박료 3만 5,000원(35만 원 아니고, 13만 5,000원 아니다) 부과됩니다. 입금 부탁드립니다."

최대한 정중하게 대응했지만 쓰디쓴 고들빼기 같은 답변만 돌아왔다.

"와 담배 하나 가지고 너무한 거 아닌가요? 진짜 처음엔 안 그러더니 이젠 손님 좀 생겼다고 그러나요? 사람 변하는 거 무섭네요! 아주 돈독이 올랐나보죠."

온갖 소릴 다 들으며 숙박료를 더 받았다. 휴, 이제 끝났다. 단골손님을 잃은 건 아쉽지만 적어도 또 와서 피우진 않겠지 생각했는데… 후기 알람이 울린다. 별점 반 개!

"예전엔 금연실에서 담배 피워도 말 안 하더니 참 많이 변하셨네요. 이 가게 몇 년째 단골인데 정말 서운하네요. 담배 한두 대랑 여러 대랑 무슨 차이가 있나요? 그러면 처음부터 피우지 말라고 하던지. 이제 돈 벌었다고 그러시나요? 저희가 무슨 호구도 아니고 숙박료를 부과하다니 다시는 안 갑니다."

헛웃음이 나왔다. 아, 처음부터 강하게 나갈걸. 씁쓸한 뒷맛을 남긴 교훈을 얻었다. 후기는 물론 블라인드 처리되었다.

흡연실에 무사히 입실한 흡연 손님들의 머릿속도 궁금한 건 마찬가지다. 담뱃재를 수건에 터는 사람, 침대 위에서 피우느라 침대 아래 방바닥이나 테이블 위에 터는 사람, 화장실 바닥과 음료캔 속으로 담배꽁초를 버리는 사람들. 그래도 이들이 털어놓은 재들은 닦으면 그만이다. 수건이야 특수 세탁을 해보고 안 되면 걸레로 생을 마감해야겠지만.

그날은 701호 손님이 퇴장하자마자 환기를 위해 나섰다. 방문을 열어보니 뽀얀 담배 연기가 뭉게구름처럼 몽실몽실 피어오르고 있었다. 괜히 칼칼해진 목을 가다듬으며 방안에 맞바람이 치도록 창가로 다가갔다.

하얀 창틀 위에 수북한 담뱃재와 구겨진 셔츠 모양을 한 꽁초들이 네다섯 개쯤 널브러져 있었다. 만두는 말없이 꽁초를 치운다. 그런데 창틀의 어느 한 구간이 마치 코끼리를 꿀꺽 삼킨 보아 뱀처럼 선명하게 굴곡져 있었다. 뜨거운 담뱃재에 창틀이 녹아버린 것이다. 만두는 곧장 예약자 명단을 보고 전화했다. 처음에는 몇 차례 전화를 피하던 상대는 결국 적반하장으로 전략을 바꾸었다.

"제가 일부러 그랬겠어요?"

오히려 화를 내는 고객의 답변에 어이가 상실된 만두는 "고객님 집에서도 안방 창틀에 재를 터시나요?"라고 되물었다. 며칠 후 만두는 창틀 위에 앉은 보아 뱀에게 하얀 실리콘 총을 쏘아야 했다.

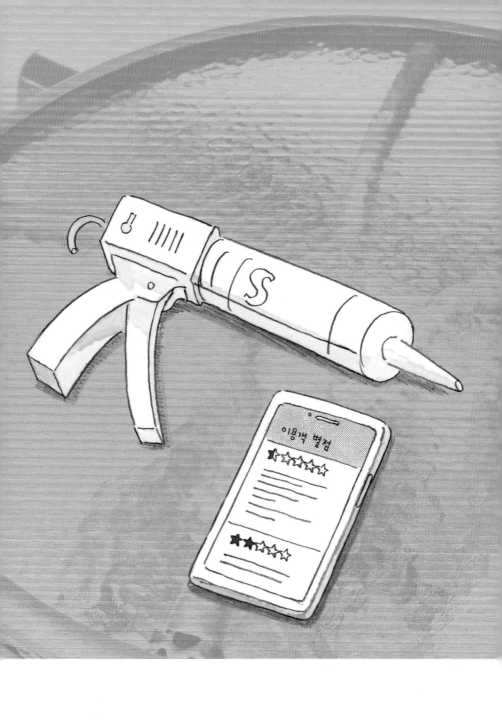

팬데믹 시대의 숙박업

코로나 팬데믹 시대. 제2의 페스트가 21세기에 실제로 일어날 줄 어찌 알았을까? 잘못이 있다면 매는 먼저 맞는 것이 낫다. 너무 늦어서 다시 재생할 수 없을 만큼 지구가 늙고 병들어버린다면 영원한 멸망이 일어날지도 모른다. 그러니 이쯤에서 발병 난 게 다행이다. 이제야 알 것이다. 인간들, 크게 한방 먹었다.

안타깝게도 전염병 시대에 대학에 새로 입학한 학생들은 캠퍼스 한 번 가보지 못하고, 동기들 얼굴도 모른 채 온라인으로만 수업을 듣다가 학위를 받는 지경에 이르렀다. 물론 자영업자인 우리도 전염병을 피해갈 수는 없었다. 영업실적이 예전 같지 않다. 여행을 떠나지 않으니 관광객이 거의 없고, 재택근무가 늘어

출장 손님까지 줄었다.

영업시간 제한 정책으로 도시는 처음으로 진짜 밤을 맞이했다. 고성방가와 시끄러운 음악소리로 매일매일 시끌벅적했던 번화가, 취객들의 다툼으로 경찰차가 자주 출동하던 거리. 도시의 중심지였던 이곳이 공포영화나 좀비 아포칼립스 장르에 나오는 거리처럼 휑하다.

익숙한 거리 이곳저곳에 '임대' '매매' 표시가 붙었다. 우리 모텔은 갖은 노력 덕분에 예약 건수가 줄지 않았지만, 모순적이게도 매출액이 하락했다. 주변 숙박업소들이 가격 경쟁을 하면서 숙박료가 터무니없이 떨어졌기 때문이다. 숙박료 30,000원 ~35,000원에 컵라면, 생수, 원두커피, 팝콘 무제한 제공. 사실 이 가격이면 내가 돈을 벌고 있는 건지 쓰고 있는 건지 의문이 든다. 들락거리는 손님들이 있으니 다른 사람들이 보기에는 몇 천씩 벌어들이는 것으로 보이겠지.

"네? 취소하신다고요? 당일 취소는 환불이 어렵습니다. 저희가 그 방을 비워둔 상태라서요."

"그게, 제가 코로나 확진자라서…."

어쩌겠는가? 코로나 확진자라는데. "그래도 오세요!" 할 수도 없고, 어차피 방역법상 받아선 안 되는 것이므로 환불해줄 수밖에, 별수 있나. 사실 코로나와 숙박업에 대한 특별한 규정은 없지만 당시에는 코로나에 걸리면 지역 간 이동이 불가했으므로 고객의 취소 요청을 들어줄 수밖에 없었다.

몇 번인가 다시금 재발된 대유행으로 한창 나라가 몸살을 앓던 시기에는 코로나 확진자들이 본인 가족들만의 안전을 위해 확진 사실을 숨긴 채 모텔에 은둔하는 경우도 있었다. 코로나 양성반응이 나온 자가진단 키트를 그대로 테이블 위에 두고 간 201호가 떠오른다. 만두는 충격과 분노로 (손님들도 마찬가지지만 우리에겐 직원들의 안전이 제일 중요하다) 보건소에 이 사실을 신고했다. 키트를 수거하고 방역 절차를 진행해줄 것을 기대했지만 보건소에서 돌아오는 대답에 한번 더 분노할 뿐이었다.

"예? 그냥 제가 잘 싸서 버리라고요?"

만두는 나에게 어떻게 이런 대처가 있냐고 물었다. 온갖 호들갑을 다 떨 때는 언제고, 제대로 된 매뉴얼 하나 없다니! 다행히 이제는 코로나의 위협이 거의 사라진 수준이 되었지만, 그 당시의 혼란이 언젠가 또다시 돌아오지 않을까 걱정되는 것이 사실이다.

3부

진상
퍼레이드

저 좀 재워주세요

"지나가는 행인입니다. 제가 일주일째 샤워를 못했는데 재워
주실 수 있나요?"

1번 진상의 별점 ★☆☆☆☆
"행인이면 그냥 지나가세요."

모텔비 깎는 여자

모텔에 인접한 8090 나이트클럽에서 흘러나오는 노랫소리에 보도블록이 밤새 들썩거린다. 오늘은 유독 바람이 세게 부는 날이다. 길가에 벌거벗은 가로수들이 마치 클럽 안의 댄서처럼 익숙하고도 격렬하게 몸을 흔들어댄다. 그 시각 모텔에는 또각또각 구두 소리와 함께 화려한 레몬색 머리의 여자와 마른 장작 같은 남자가 들어온다. 남자에 비해 여자가 좀 아깝다는 생각이 들었지만 한편으론 '마른 장작이 더 잘 타는 법이지' 하며 속으로 피식 웃었다. 앞장선 여자가 총대를 멨다.

"사장님, 얼마예여?"('요'가 아니라 '여'였다)

"5만 원입니다."

만두가 대답하자 레몬색 여자가 갑자기 몸을 비비 꼰다. 클럽에서 급하게 마신 맥주 탓에 화장실이 아주 급한 걸까. 주인장에게 성적 매력을 어필중인지도 모른다. 두루마리 화장지라도 입에 문 듯이 혀를 안으로 돌돌 말아 말하는 걸 보니 후자일 가능성이 높아 보였다.

"어어~~ 옵빠, 땀! 땀마넌! 아이이, 땀만 원~~!"

만두를 '오빠'라 부르는 것도 모자라 이젠 그를 향해 가슴골이 다 보이도록 몸을 기울인다. 난처해진 만두가 나를 힐끔 쳐다본다. 가끔 친절함을 낭비하는 만두가 밉다. 나는 대답 대신 두 팔을 길게 뻗어 커다란 엑스 자를 그린다. 고개를 좌우로 저으며, 두 눈을 피타고라스 정의가 적용될 삼각형 모양으로 만든다. 하지만 여자도 만만치 않은 공격수다. 결국 3만 8,000원이라는 가격으로 협상은 종료된다. 그들은 전쟁에서 승리한 아레스처럼 당당하게 201호로 향한다.

할말은 산더미지만 속으로 삼킨다. 사실 우리는 거절에 약하다. 그러나 100원이라도 남겨야지, 독하게 마음먹는다. 예전 같았으면 조금 망설이다가 봐주었을 요청들이지만 이제 짬밥 7년째다. 만두는 억울한 듯 말한다.

"인건비도 물가도 오르는데, 모텔비는 20년 전 그대로야. 게이밍 컴퓨터, 스타일러, 조식, 공기청정기, IPTV 등등 서비스는 계속 좋아지는데 가격이 20년 전 그대로라는 거지. 근데 거기서 방값을 또 깎네, 사람들이. 마트에서 '5,000원만 깎아주세요!' 이러나?"

자영업을 하면 내가 '갑'인 줄 알았는데 막상 해보니 어느 곳을 가도 나는 언제나 '을'이었다.

2번 진상의 별점 ★★☆☆☆
"'사장님, 저희 잠만 자고 갈 건데요.'
모텔은 원래 잠만 자고 가는 곳입니다, 손님.
'사장님 얘는 숙박 안 하고 놀다가 금방 갈 거예요.'
인원 추가 비용은 1만 원입니다, 손님."

먹튀 연기자들

만두에게 용무가 생기면 내가 혼자 주간 근무를 서기도 한다. 이때 인수인계가 제대로 이루어지지 않으면 크고 작은 사건의 발단이 되기도 하는데⋯ 이날은 205호가 숙박을 하고 추가로 '대실 연장'을 했다.

대실 연장이라 함은, 전날 숙박한 방의 퇴실 시간인 오후 1시부터 5시간을 연장해 오후 6시에 퇴장하는 상품이다. 한마디로 오후 3시부터 다음날 오후 6시까지 쭈욱 머물 수 있는 선택지인지라, 늦잠을 자고 싶은 고객들이 주로 대실 연장을 한다. 이때 발생하는 대실 요금 2만 원은 바로 내려와서 결제할 수도 있지만, 늦은 퇴실의 목적이 지금 누워 있는 침대를 벗어나지 않기 위함이므로 나갈 때 후불로 결제하겠다는 손님들이 많다. 여기서 아주 웃긴 건, 체크아웃 때 90% 이상이 자신의 채무를 모르는 척 그냥 스르륵 프런트를 지나친다는 것이다. 그러나 나는 그들의 흔들리는 눈동자를 읽을 수 있다. 그 눈동자 위에 가압류 딱지라도 붙이고 싶지만 꾸욱 참고서 외친다.

"저기요! 추가 요금이…!"

그럼 그들은 정말 몰랐다는 듯이 놀란 표정을 지으면서

"아? 아 맞다. 죄송합니다."

하고는 돈을 내민다. 그 말인즉슨 근무자가 자리를 비우면 '먹튀'를 한다는 뜻이다. 이들을 볼 때마다 그들의 뛰어난 연기력에 놀라곤 한다. 어떻게 하나같이 똑같은 걸까? 모두들 같은 연기 학원이라도 다닌 걸까? 아카데미 남우주연상은 곧 한국에서 나올 거라니까. 그런 남자친구 옆에 서서 괜히 내 눈치를 보는 여자분. 괜히 그녀가 짠해지는 이 마음은 역시나 오지랖이겠지.

3번 진상의 별점 ★★☆☆☆
"'아 맞다~' '아 깜박했다~'
모텔이 연기 실습장인가요?"

주차 빌런

처음 장사를 시작하던 무렵 주차장 때문에 한창 애먹던 때를 회상해본다. 그땐 왜 그렇게 마음의 여유가 없었을까? 그 시절, 장사는 안 되는데 자꾸만 외부인들이 야외 주차장에 차를 댔다. 주차장 월세만 100만 원이 훌쩍 넘는데 객실 손님도 아닌 사람들이 주차하면 영 손해보는 기분이었다.

"아저씨 차 좀 빼주세요."

나의 땅을 침범한 자에게 최대한 예의를 갖추어 말한다. 그러나 상대는 독도를 자기네 땅이라 우기는 옆 나라 무뢰배인 양 한 마디만 툭 던지고 전화를 끊어버린다.

"나 옆에 마사지만 받고 바로 뺄게."

남의 업장에 차를 대고도 어쩜 그렇게 뻔뻔할까? 말을 반으로 잘라먹는 것도 괘씸하다. 솔직하게 '죄송합니다, 금방 뺄게요'라고 했더라면 나 또한 인내했으리라. 결국 다시 한번 전화를 건다.

"아저씨, 저희 영업해야 해요."

"씨발, 그럼 신고하든지 알아서 해."

나의 타당한 이유에도 아랑곳 않고 덤으로 욕까지 내뱉는 아저씨의 대답에 나도 언성이 높아졌다.

"근데 왜 욕을 하고 그러세요?"

그러자 싸우자는 듯이 대놓고 욕을 시작한다. 그 부분을 걸고 넘어지길 바라기라도 한 모양새다. 그럼 부담스럽지만 쉬운 방법이 있다.

"죄송합니다, 바쁘신데… 여기는…."

오늘도 나는 경찰서에 신고를 한다. 출동한 파출소 직원들은 또 여기 모텔이냐며 짜증을 내었다. 사건은 쌍방 합의로 끝났다.

매번 이런 일을 겪으며 나는 인간에 대해 조금씩 알아간다. 이 주차 빌런들! 물론 지금은 잠깐 차를 대는 걸로 싸우는 일은 없다. 언젠가 존경하는 교수님께서 해주신 말씀이 떠올랐다.

독일이 통일되기 전 서독과 동독으로 나뉘었던 시절의 이야기다. 동독인들이 베를린장벽 너머로 온갖 쓰레기를 마구 던졌단다. 음식 포장지, 빈 통조림통, 다 마신 콜라병, 소시지 껍질, 사용한 화장지 등이었다. 며칠 후, 서독인들도 베를린장벽 너머 동독을 향해 비슷한 것을 던졌다. 그런데 동독인들의 얼굴빛이 달라졌다. 서독 사람들이 던진 것은 음식 포장지가 아닌 음식, 빈 깡통이 아닌 통조림, 빈 콜라병이 아닌 콜라, 소시지 껍질이 아닌 소시지, 사용한 화장지가 아닌 새 화장지 등이었던 것. 동독 사람들은 무엇을 느꼈을까? 서독은 동독보다 풍요로웠다. 경제적 자유가 있었으므로 나눌 수 있었던 것이다. 사람은 자기가 가진 것을 상대에게 준다. 흙을 가진 사람은 흙을 나누어주고, 꽃을 가진 사람은 꽃을 나누어주는 것이다. 나는 이제 자신이 누구에게든 꽃을 나누어줄 수 있는 사람이란 걸 안다.

4번 진상의 별점 ★★☆☆☆
"아저씨!
주차비는 없고 마사지 받을 돈은 있나요?
별점 2점도 아깝지만 출동해주신
파출소 직원분들에 대한 감사로 1점을 더 넣어본다."

적반하장 삼형제

겨울방학이 시작되었다. 신년이 되면 신분증 검사를 더 철저히 해야 한다. 졸업을 앞두었으나 아직 미성년자인 친구들부터 애초에 그냥 미성년자인 친구들까지 호시탐탐 입실을 노리니, 이 기간에는 방심하지 말고 검사의 고삐를 단단히 조여야 한다.

"신분증 한번 부탁드립니다."

보란 듯이 내미는 신분증의 주인은 03년생들이다. 음, 이제 스물하나라 이거지, 귀엽다.

이제 막 새로운 한 해를 맞이했던 그날도 '귀염뽀짝'이라는 말이 절로 떠오르는 두 커플이 방문했다. 신분증 검사를 하니 04년생들이다. 그들은 503호, 208호 방 두 개를 얻더니 208호에서 밤새 함께 노는 모양이었다. 이모도 너희의 스무 살을 축하해.

　문제는 다음날이었다. 그들이 퇴실한 방을 가보니, 어느 정도 예상은 했지만 역시나 가관이다. 어질러진 방들을 정리하며, 작동 여부를 확인하기 위해 컴퓨터와 TV를 켰다. 그런데 어째서 TV 화면에 거멓고 허연 국수다발이…. 가만 보니 위에서 내리찍은 듯한 파손 자국이 화면에 선명했다. 즉시 사진을 찍어두었다. 카드 영수증(다행히 남아 있었다)을 가지고 경찰에 신고할 요량이었다. 그런데 곰곰이 생각해보니, 어제 파손의 주인공들이 체크인하기 전에 문의전화를 걸었던 사실이 떠올랐다. 통화 기록에 그들의 번호가 남아 있을 터였다.

　일단 만두가 그들과 통화를 시도했다. 보상 부분에 대해서 그들의 부모와 자연스레 통화가 이어졌다.

　"네, 모텔입니다. TV 파손 건 때문에 연락드렸습니다."

　만두의 인사말에 한쪽 부모가 별일 아니라는 듯이 말했다.

　"모텔에서 그 정도는 기본 아닌가요? 이런 손님, 저런 손님이 있는 거지. 서비스료에 포함된 거잖아요."

　치고 올라오는 욕지기를 삼키고 간신히 이성을 붙잡은 만두가 대답했다.

　"저기요! 물론 실수로 파손할 순 있지요. 하지만 이번 건은 보내드린 사진처럼 고의로 TV 화면을 위에서 아래로 내리찍은 것이고, 저희에게 이야기하지 않고 그냥 퇴실했기 때문에 문제가되는 것입니다. 손괴죄로 경찰에 신고하려다 혹시나 하고 먼저전화드린 거고요."

만두가 야무지게 따져 묻자, 그제야 꼬리를 내린다.

"아 경찰이요? 아이고 죄송합니다. 그럼 얼마 물어드리면 될까요?"

다행히 원만하게 합의되었으나… 참, 아이들이 왜 그런 행동을 했는지 바로 이해가 되었다. 역시 부모는 아이의 거울이다. 나는 문득 우리 아이들에게 우리가 어떤 부모인지를 잠시 생각해보았다.

"사모님, 603호가 방에서 안 나오는데요?"

진상 가족의 만행을 수습하고, 한숨 돌리려는데 민세가 허겁지겁 나에게 하는 말이다. 퇴실 시간이 지났는데도 묵묵부답인 603호 여자 손님은 우리 모텔의 단골이다. 전화를 걸어 추가 요금 안내를 해야겠다고 생각하는 찰나! 여자가 나온다.

"저기요, 저기요! 603호 손님이신가요?"

다가가며 묻자, 휘휘 고개를 젓고는 갑자기 줄행랑을 친다.

'왜 아니라고 하지? CCTV로 봤는데, 603호 맞으면서. 그리고 왜 도망치는 거야? 예약자라 고객정보 다 알고 있는데.'

이런저런 생각을 하며 객실 환기를 위해 603호로 향했다. 방 안에 들어가보니 줄행랑을 칠 수밖에 없었던 그녀의 속사정이 이해가 간다. 침대 위에 커피를 왕창 쏟아놓은 거였다. 물은 아래로 흐른다더니 과연 그 말이 사실이로다. 이불, 침대 커버, 그 아래 전기장판까지 모조리 젖어 있었다. 괘씸하다. 못 넘어간다. 추가 요금을 떠나서 지구 밖에 나가떨어져 있는 양심을 길어올리고 말 테다.

"여보세요? 이불이랑 커버, 전기장판에 커피를 몽땅 쏟아놓 으셔서 연락드렸습니다."

"모텔에서 그 정도도 감안 없이 장사합니까? 신고하든지 말 든지 마음대로 하세요! 난 세탁비 못 주니까."

이런이런… 오늘, 날이 좀 그런 날인 건가? 실수했으면 사과한 다는 상식은 도대체 어디로 간 것일까. 결국 또다시 '경찰' '신고' 같은 단어를 앞세운 우여곡절 끝에 세탁비를 받아냈다. 이런 소 동이 있으면 보통 단골을 잃는구나 싶은데, 모텔 단골은 쉽게 가 게를 바꾸지 않는다. 그녀는 지금도 우리 모텔을 애용한다.

아직도 하루가 끝나지 않았다. 방금 막 손님이 퇴실한 702호를 환기하기 위해 위층으로 향했다. 방을 들어서자 매캐한 냄새가 난다. 원인을 찾아보니 비치해놓았던 수건이 검게 타 있었다. 전원을 켜둔 채 매직기를 수건 위에 올려놓은 듯했다.

"하…."

수건도 타고 내 속도 새까맣게 타들어간다. 오늘 하루, 말 그대로 일타 삼피였다.

5번 진상의 별점 ★★☆☆☆
"적반하장, 아가사창이라!
꾸짖음을 들어야 할 당신들이
오히려 큰소리로 성을 내다니 진상이로구나!"

로비에서 다급한 남자

한 남자가 들어온다. 마치 폭풍우가 지나간 후 바다 위를 표류하다 등대불을 발견한 배처럼 발걸음은 급해 보였지만, 목적지가 정확해 보이지 않았다. 그는 로비 왼편에 청소 도구를 세워두는 벽으로 돌진하더니 지퍼를 내렸다. 프런트 안에서 그 모습을 CCTV로 지켜보던 만두와 나는 동시에 소리쳤다.

"어어어어~~~~~!"

하지만 '무슨 짓이야' 하고 막을 새도 없이,

쏴~~~~

갓 태어난 물방울들은 로비 바닥을 잠식했다. 그 물살은 마치 수정체를 향한 정자를 닮았다. 남자는 해소했으니 카타르시스를 느꼈을 것이다. 이때 흥분한 만두가 용수철처럼 튀어나갔다.

"저 새끼 뭐야?!"

로비로 나간 만두는 그를 향해 조금 거친 언사를 했다. 덩치와 욕설이 뿜어내는 거대한 호통에 남자는 술이 깬 듯했다. 만두가 남자에게 소리쳤다.

"이거 안 닦아?!!!"

뻔뻔하게 바지를 추스르던 남자는 윽박에 놀라 로비 바닥을 화장지와 대걸레로 번갈아가며 닦기 시작했다. 그의 흔적이 다 닦일 무렵 CCTV 화면을 증거로 남자는 체포됐다.

6번 진상의 별점 ★★★☆☆
"이 소란으로 고객들이 불편을 겪었고,
고약한 냄새는 한참이나 머물렀으며,
오늘도 수고로우셨을 관할구역 파출소 관계자 여러분께
죄송한 마음을 담아… 별 세 개를 드립니다."

당기라면 당기시고,
하지 말라면 하지 마세요

우리는 고객에게 무얼 서비스할 수 있을까? 고민 끝에 떠올린 것이 팝콘이었다. 우리는 팝콘제조기를 임대해서 매일매일 직접 옥수수를 튀겨 간식을 제공한다. 처음에는 얼마나 버벅거렸는지… 재료의 절반은 다 태워먹었던 듯하다. 다행히 민세가 영화관 부지배인으로 근무했던 경력이 있어, 팝콘 하나는 기가 막히게 튀겼다. 그리고 그의 의견을 받아들여 캐러멜소스팝콘도 메뉴에 추가하기로 했다. 그후로 우리 모텔은 팝콘 맛집이라는 별명까지 붙었다. 실제로 다른 모텔로 가려다가 팝콘을 즐기러 우리 가게로 오는 손님이 늘었다.

하지만 문제는 캐러멜이 끈적이다보니 초심자가 만지면 팝콘

냄비가 쉽게 타버린다는 거였다. 그래서 기계에 '외부인 조작 금지'라고 크게 써 붙여놓았다.

어느 날 자정 무렵 로비에 회색 연기가 가득했다. 타는 냄새와 함께 소방벨이 울렸다. 만두는 헐레벌떡 뛰어나가 연기의 근원지를 찾았다. 정말 불이라도 난 거면 객실 손님들부터 대피시켜야 했다. 그러나 허둥거리며 찾아낸 연기의 원인은 다름 아닌 팝콘 제조기였다. 서비스 시간이 지나 꺼두었던 기계의 스위치를 누군가 켜놓은 것이다. 얼른 스위치를 끄고 환기한 후 CCTV를 살펴보니 범인을 찾을 수 있었다. 그는 601호로 들어갔다.

만두가 601호에 전화를 걸어 타버린 냄비값 6만 5,000원을 받아내며 사건은 종료됐다. 하지 말라면 하지 마시길. 도대체 왜 그러는 건가요, 다시 한번 말씀드립니다. CCTV 작동중, 붙어 있잖아요. 한국인이 모르는 한국말에 하나를 더 추가해야 한다. '당기시오' '외부 반출 금지' '금연실' 그리고 'CCTV 작동중'!

7번 진상의 별점 ★★☆☆☆
"냄비값은 받았으나,
화재의 위험이 있었으니 별점 2개!"

추워요

날짜도 기억한다. 11월 13일. 308호에서 인터폰이 울렸다. 무
슨 일이냐고 물으니 춥단다. 보일러 온도를 올려주었다. 잠시 후
다시 전화벨이 울린다. 춥단다, 아주 추워죽겠단다. 또 전화벨이
울린다. 너무 추운 방을 제공한 우리를 경찰에 신고하겠단다.

실제로 보일러가 고장난 것일 수도 있으니 방에 올라가보았
다. 얼마나 춥길래 경찰에 신고를 하나 궁금했다. 초인종을 누르
자 문이 열리고 308호 손님이 등장했다.

그는 오직 팬티 한 장에 자신의 체온을 의지하고 있었다.
그리고 금연실에서 흡연을 하므로 창문이 열려 있었다.

아… 아무렴, 추우시겠네요. 추우면 창문을 닫고, 옷을 입으세요. 모텔은 찜질 기능이 없답니다.

8번 진상의 별점 ★★☆☆☆

"지구가 아파요… 나도 아프고요…."

당신 애인은 어떤 사람이에요?

오늘은 금요일. 대실도 숙박도 빽빽하다. 대실 퇴실 시간이 오후 6시, 숙박 입실 시간이 오후 7시로 한 시간 텀이기 때문에 우리는 그 안에 여러 객실을 청소해야 한다. 그래서 이 시간만 되면 모텔 식구들 모두 전쟁을 나서는 군인들처럼 비장한 표정으로 각자의 자리에 위치한다.

"602호, 퇴실했다." "602호 보일러 OFF 하겠습니다." "청소팀 전화 부탁드립니다."

시간이 촉박하다보니 이렇게 각자의 진도와 결과를 제때 보고해야 일이 척척 진행된다. 보통 만두가 프런트에서 컨트롤타워의 역할을, 내가 객실 최종 점검의 역할을 맡는 편이다.

"청소 팀! 602호 퇴실, 602호 청소 바랍니다."

만두가 이렇게 오더를 넣으면 청소 팀이 청소를 시작한다.

"602호, 엘리베이터 박스에서 키 회수 및 객실 확인 바람!"

키를 회수해 전자기기 점검 등 객실 내부를 살피는 것은 나의 몫이다. 만두는 선장이고 나는 조타수랄까?

"602호, TV 리모컨 건전지 없습니다. 건전지 엘리베이터로 하나 올려주시기 바랍니다."

내가 프런트에 요청하자 만두가 엘리베이터로 건전지를 올려 보내준다. 그러고는 방의 컨디션을 묻는다.

"602호, 방 컨디션 어떤가요?"

그러면 점검을 끝낸 내가 602호 객실 상태에 관해 구체적으로 대답한다.

"602호, 담배 냄새는 심하지 않은데, 매운탕을 먹었나, 생선 비린내가 많이 납니다."

그럼 만두가 개선 사항을 다시 지시한다. 기분에 따라 존댓말과 반말을 섞어가면서.

"6층 계단 비상구 문 개방해주시고, 602호 창문과 중문, 현관 문 전부 오픈 바랍니다."

이처럼 고객들은 모르겠지만 방 하나를 청소하는 데 손이 참 많이 간다.

"어, 605호도 나갑니다. 청소 카트 근처로 이동 바랍니다."

"605호, 문 개방합니다."

"으악, 605호, 너구리굴입니다. 환기 시간이 많이 필요해 보입니다. 최대한 늦게 판매해야 할 것 같습니다."

"지금 입실 시간이 임박해서 환기할 시간 부족해. 내가 연무기 들고 올라간다."

"손님들 6층으로 배정할 때 연기 때문에 놀라지 않게, 불난 게 아니라 연무기라고 설명 잘해라!"

"주차장 차 들어옵니다. 만차 상태라 발레파킹 시작하겠습니다."

"프런트, 아무도 없나요? 고객분 체크인 대기중입니다. 프런트로 가주세요!"

보이지 않는 총과 칼이 설치는 이곳이 곧 전쟁터다. 몸을 사려야 한다. 그리고 그 한복판에 용맹스러운 커플이 등장했다.

"안녕하세요? 체크인 도와드릴게요, 예약하셨나요?"

"네, '대장'으로 예약했습니다."

이곳이 전쟁터라는 것을 처음부터 알았다는 듯 예약자 닉네

임이 '대장'이다. 대장은 여자친구에게 한겨울 보드라운 스웨터처럼 포근한 미소를 지으며 잠시 기다리라는 표정을 지었다. 명단을 확인해보니 대장님께서 예약한 객실은 '게릴라 세일' 상품이었다. 앞서 말했듯 게릴라 상품은 일종의 떨이 상품이기에, 이 구성으로 판매되는 방은 늦은 입실과 빠른 퇴실을 요하는 대신 큰 폭의 할인이 들어간다.

"고객님께서 예약하신 객실은 입실이 6시인데, 예약 시간을 확인 안 하셨나요?"

아직 5시였다. 대장은 무작정 눈을 부릅떴다. 게릴라 세일로 예약하는 일부 사람들은 상품 구성을 확인하지 않은 채 가격만 보는 실수를 저지른다. 지금의 대장처럼! 하지만 나는 이곳의 베테랑이니 친절하게 예약 확인 문자를 가리키며 다시 한번 대장을 확인사살했다. 그러자 대장은 아수라 백작처럼 선악의 극단을 오고 가는 묘기를 보여주었다.

"이럴 줄 알았으면 여기 예약 안 했죠! 그럼 6시까지 기다리라고요? (뒤를 돌아오며) 자기야, 미안해. (그리고 다시 내게 눈을 부릅뜨며) 뭐 이런 경우가 다 있어요? 짜증나네, 진짜."

정말 진심으로 입실시켜주고 싶어도 특실 말고는 여분의 객실이 없었다. 무엇보다 그의 예의 없는 태도에 망신을 주고픈 마

음이 들어 일부러 크게 이야기하려고 했다. 당신의! 남자친구는! 단돈 만 원을 아끼겠다고! 저와 실랑이를 벌입니다!

"다른 방은 대실 손님 때문에 즉시 입실이 불가해요. 고객님께서 게릴라! 세일! 방을 골라서 예약하셨잖아요. 만 원 추가해서 업그레이드 받으면 큰다락방이나 특실에 즉시 입실 가능하십니다."

그러자 대장은 그 자리에서 핸드폰으로 예약 사이트를 들락거리며 한참을 고민하더니 프런트에 냅다 만 원 한 장을 집어던졌다. 이미 온갖 짜증 섞인 잡소리를 다 들은 후였지만 웃으며 응대하는 나는 역시 베테랑이다.

모텔을 운영하며 늘 느끼는 것이지만, 오늘도 사람들은 보고 싶은 것만 보고, 듣고 싶은 것만 듣고, 읽고 싶은 것만 읽는다. 처음에는 이런 사람들에게 무작정 화가 났지만, 이제는 조금 짠하다. 살아온 길이 다르니 같은 상황이어도 반응이 제각각 다를 것인데, 이들은 어떤 삶을 살아왔기에 이토록 모나고 모자란 걸까? 그의 옆사람까지 덩달아 짠하게 느껴질 뿐이다.

"707호로 가시면 됩니다. 화장실을 포함한 금연실입니다. 메뉴 버튼으로 넷플릭스, 디즈니플러스 보실 수 있고…."

설명이 채 끝나지 않았으나 뒤도 안 돌아보고 쌩하니 가버리는 대장. 대장은 여자친구의 어깨를 감싸며 엘리베이터로 향한다. 한 사람의 인성은 자기보다 불리한 조건에 있는 사람을 대하는 태도로 알 수 있다. 당신의 애인이 어떤 사람인지 알고 싶다면 모텔 종업원에게 어떻게 행동하는지 유심히 지켜보길.

9번 진상의 별점 ★★☆☆☆
"나의 속을 다 긁어놓았다.
강약약강인 사람이 세상에서 제일 싫다!"

내가 너덜너덜해질 때까지

모텔의 전화벨이 울렸다.

"사장님 주말에 예약할 건데요! 넷플릭스 있는 방 중에 컴퓨터도 되는 방이 있나요?"

넷플릭스 객실은 두 종류가 있다. 하나는 넷플릭스와 디즈니플러스만 되는 방이 있고, 다른 하나는 앞선 두 채널에 게이밍 컴퓨터까지 추가로 설치된 방이 있다. 특별히 가격 차이는 없고 손님이 입실하는 시간에 따라 랜덤으로 배정된다. 나는 이 부분에 대해 고객에게 설명했지만, 수화기 너머 고객은 OTT 서비스와 컴퓨터가 모두 있는 객실을 예약할 방법을 재차 물었다. 그래서 이번만 성함을 받아놓고, 그 방을 따로 빼주기로 했다. 통화 말미에 금연 객실임을 강조하는 것도 있지 않았다.

"금연실인데 괜찮으실까요?"

"그럼요!"

확답을 주던 고객이 체크인을 위해 방문한 것은 토요일 오후 5시가 못 되었을 무렵이었다. 대실과 숙박이 많은 주말이라 숙박의 입실 시간은 오후 7시였고, 심지어 그것을 알고 있었음에도 이동현 고객은 5시에 체크인하기를 원했다. 다만 그를 위해 미리 방을 빼놓았기 때문에 이른 입실을 허가해주었다. 원래 이 경우 대실료 2만 원을 청구하지만, 이조차 받지 않았다. 특별한 이유가 있었던 것은 아니었다. 싫은 소리를 듣고 싶지 않다는 마음도 있었다. 그렇게 친절한 숙소로 기억되리라. 하지만 그것은 천만의 말씀이었다. 원칙을 준수해야 한다는 걸 깨닫기까지 꼬박 하루가 걸렸다.

다음날 이동현은 퇴실했고, 퇴실 후 환기를 위해 객실로 향한 나는… 빡이 쳤다! 그래, 이건 빡이 쳤다는 말로밖에는 형용할 수 없다! 나는 그에게 객실을 빼놓는 특혜를 주었고, 이른 입실까지 허락해주었으며, 금연 객실임을 몇 번이고 강조했으나 그는 나와의 약속을, 그 단 하나의 약속을 어겼다. 나는 자기밖에 모르는 그에게 전화를 걸었다.

"이동현 고객님이신가요? 오늘 퇴실하신 숙소에서 전화드렸습니다."

그는 무슨 일이냐며 물었다.

"금연실에서 흡연하셨네요. 공지 위반 페널티로 당일 숙박료 부과됩니다."

그러자 그는 그 사실을 몰랐다고 발뺌했다. 나는 그 태도에 더 화가 났다. 본인이 대답까지 해놓고서!

"엘리베이터와 로비, 각층 입구에 '금연 위반시 당일 숙박료가 부과됩니다' 공지 못 보셨나요?!"

내가 거듭 묻자 그의 대답이 가관이다.

"아, 제가 엘리베이터를 타지 않아서요."

원칙을 깨가면서 배려해주어도 돌아오는 것은, 고맙다는 인사 대신 우리를 한 번 쓰고 버려질 일회용품 취급하는 고객들의 태도다. 아니 이들은 그냥 '객'이다. 돌아오지 마라, 객들아. 아니 객이라는 말도 아깝다. 객에서 기역 받침을 빼서 부르겠다.

"엘리베이터를 타지 않았기 때문에 공지사항을 보지 못해서, 금연실에서 흡연해도 되는 줄 알았다는 말씀인가요? 그럼 애초에 왜 금연실을 예약하신 거죠? 공지를 보고 안 보고를 떠나서 금연실을 예약하고 흡연한 자체가 잘못된 행동입니다. 고객님이야 몇 대 피우고 가시면 그만이지만, 그다음 고객이 피해를 보잖아요. 오늘 그 방 팔지도 못합니다. 계좌 찍어드릴 테니 입금 바랍니다.”

하지만 그는 입금하지 않았다.

나는 흐물흐물 물미역 인간에서 점차 너덜너덜 매생이가 되어, 형체가 사라지고 영혼도 탈탈 털렸다. 가족같이 생각해 베풀어준 호의에 이미 여러 차례 데고 말았다. 배신감은 말할 것도 없고, 허탈하기까지 하다. 힘들어하는 날 보고 후배 ‘구작’이 말했다.

“언니에게 대운이 들어오려나봐요. 힘내요!”

어떤 마음으로 전한 위로였는지 몰라도, 가슴에 와닿았고 그 말을 믿기로 했다.

10번 진상의 별점 ★★★☆☆
“다시 생각해도 괘씸하다.
친절과 방임은 다르다는 걸 체감한 날.”

그 애처로운 손짓

골프 여행을 왔다는 남자 네 명은 한껏 들떠 있었다. 체크인을 하고는 나에게 주변에 한정식집과 노래방이 어디에 있냐고 물었다. 여기서 그들이 말하는 '노래방'은 코인노래방이 아니라 유흥주점일 거라고 불현듯 생각했다. 프런트에서는 위치 설명이 어려워 가게 앞으로 나가 안내하려는데, 그중 한 사람이 왼손으로 자신의 바지춤을 만지작거렸다. 어릴 적 할아버지가 한 손으로 호두알 두 개를 쥐고, 손가락으로 살살 굴리는 장면이 생각났다.

"너희들 비아그라 챙겼어?"

그 시선의 끝은 나의 동공에 닿아 있었다. '나의 손을 보아요. 놀랐나요? 떨리지 않나요?' 그의 목소리가 들리는 듯했다. 아마도 내가 화들짝 놀라거나 빨갛게 달아오르길 바랐겠지만 그러기에는 행동 수준이 너무 낮았다. 나는 이런 것에 '어머나' 할 레벨이 아니다. 단순하고 유치하여 지루했으며, 천박하고 경박스러워 애처로울 뿐이다. 다음부턴 조금만 더 심사숙고해주길. 나는 당황하지 않고 설명을 이어갔다.

"여기 노래방이 다 똑같제. 거기서 거기인 동네라. 문제는 시설잉께, 최신 리모델링한 데를 찾아야 된당께. 글제잉?"

이럴 때는 최대한 사투리를 써서 능청스럽게 분위기를 전환하는 것이 답이다.

11번 진상의 별점 ★☆☆☆☆
"고객님!
수준 미달인 행동에 반응해줄 사람은
아무도 없습니다."

벌거벗은 사나이

"네, 프런트입니다. TV가 안 된다고요? 제가 올라가서 봐드려
도 될까요?"

방금 입실한 손님에게서 온 인터폰 호출이었다. 나는 재빨리
501호로 향했다. 객실 문은 열려 있었다. 슬쩍 안을 들여다보니
화장실에서 방 쪽으로 바닥에 물방울이 떨어져 있었다. 나는 그
물방울이 안내해주는 길을 따라 반쯤 열린 방문을 밀었다.

제승은 은퇴한 교사다. 마찬가지로 교사였던 아내 또한 얼마
전에 은퇴한 뒤로 며칠씩 친구들과 여행을 다녔다. 제승은 혼자
만 집에 있기 억울해서 아내가 떠나면 자신도 집을 나선다. 이미

여러 차례 나섰다.

아직 숟가락 들 힘이 있는 놈인데, 아내가 늙은 염소 취급을 하며 40년 가까이 팅기는 꼴이 가소롭다. 막상 허락하지도 않을 거면서 제승이 지나가는 사람을 쳐다만 봐도 아내는 눈치를 준다. 그렇게 제승은 몸 안에 짐승을 가둬둔 채로 몇십 년째 선비 노릇을 해왔다. 썩어 문드러질 몸뚱이, 이렇게라도 하지 않으면 진짜 산 채로 제승의 몸이 썩어버릴지도 모른다.

늘 그래왔듯 외곽에 있는 모텔로 향했다. 제승은 돈도 시간도 많은 놈이다. 평생 교직에서 순정을 바쳤다. 아이들을 사랑하는 마음으로. 한때는 세상의 부조리에 대항하며 정의를 외치기도 했지만, 세월이 흐르면 흐를수록 깨달은 것은 아무도 그 노고의 의미를 알아주지 않는다는 거였다. 그래봤자 일개 교사일 뿐이라는 것. 다행히 그는 얼마 되지 않아 제2의 자아를 찾아냈다. 그는 선보다는 악이 편한 사람이었다.

프런트에 서서 물었다.

"혼잔데, 방 하나 주시오."

"4만 원입니다. 사장님 흡연하시나요?"

"담배 안 피워요."

일하는 40대 중반의 아주머니와 약간의 대화가 오갔다. 그녀

가 키를 건넸다. 제승은 일단 샤워를 하고 침대에 누웠다. 현관문
과 방문을 살짝 열어둔 채로 프런트에 전화했다.

"여기 TV가 안 되는데 좀 봐주소."

제승은 실오라기 하나 걸치지 않은 상태로 몸 정중앙에, 위쪽
털이 몇 가닥 보이게 세심하게 위치를 조정하여 하반신에 이불을
덮었다. 정중앙부터 그 아래는 상상에 맡길 거다. 자신을 보고 놀
랄 모텔 여직원을 생각하니 중심이 봉긋하게 솟아올랐다. 상상만
으로 반응하는 자신이 아직 쓸 만한 놈이라는 생각이 들었다. 그
러다가도 그런 그를 거부하는 아내를 생각하니 바람 빠진 풍선처
럼 힘없이 시들거린다.

얼마 안 있어 아까 프런트에서 열쇠를 건넸던 직원이 방으로
들어서고, 제승과 눈이 마주쳤다. 두근두근 심장이 뛴다. 하지만
기대와 달리 그녀는 놀란 기색 하나 없이 리모컨을 이리저리 만
지더니 자기 힘으론 힘들겠다며 다른 직원을 보내겠다 말하고 아
무렇지도 않게 방문을 나선다. 그 모습이 어딘가 익숙하다. 제승
의 중심은 이제 완전히 쪼그라들었다. 이런 식의 반응이라면 다
른 모텔을 수소문해봐야겠다는 생각이 든다.

"…깜짝이야, 참나… 곧 죽을 양반이 별꼴이네."

애써 담담한 척 돌아선, 여리디여린 나. 이런 경우에 가장 이 상적인 대응 방법은 바로 '절대 침착' '태연' '무심' 3종 세트다. "관종에게는 먹금(먹이 금지)이 최고"라는 교훈은 현실에서도 통 한다.

12번 진상의 별점 ★☆☆☆☆
"각종 성희롱이 난무하는 이곳.
이런 데 익숙해지는 내가 안쓰럽다."

네가 왜 거기서 나와?

　여느 때와 마찬가지로 객실 점검을 하고 있었다. 냉장고 속 음료수, 매직기와 전기장판 확인 완료. 스타일러 물 채우기. 컴퓨터, 전화기, TV, 공기청정기 이상 무. 청소기 한번 더 돌리고, 침구류에 섬유탈취제로 마무리하면 끝! 머릿속으로 순서를 확인해가며 마지막으로 커피포트 속을 들여다보았는데, 아하하, 이런.

　그 안에는 늘어진… 콘돔이 잠들어 있었다. 생애 모든 사명을 다한 존재처럼 평화롭게 잠들어 있어 깨우기 미안할 정도였다. 능숙하게 티슈 두 장으로 콘돔을 빼내고 커피포트를 벅벅 씻으며, 이를 깍 깨문 채 오른쪽 입꼬리를 힘껏 끌어올렸다.

　"이, 이…미친…!"

팔팔 끓는 물로 소독 살균까지 마치고 프런트로 돌아왔다. 헛웃음 10%와 분노 30%, 놀람 60%의 상태였던 나는 만두에게 아찔했던 목격담을 전했다.

"있지, 308호 커피포트에 콘돔이 들어 있었어. 개진상이지. 이것도 일종의 병 아냐?"

만두의 단춧구멍 같은 눈이 잠시 커졌다.

"진짜? 308호 걔네들, 나랑 아는 애들인데 뭐 하자는 거야?"

아무래도 손님들은 우리가 그들의 얼굴과 객실을 매치하지 못한다고 생각하는 모양이다. 프런트는 체크인과 체크아웃, 응대만 담당하니까 그런 행태는 청소 팀만 보거나, 보더라도 방이 많아서 헷갈릴 거라고. 모텔 운영자들의 예민한 눈썰미를 간과한 것이다. 숙련된 응대가 어디서 나왔으랴. 우리는 단 하루를 묵고 간 손님이라도 호수를 연결하여 기억한다. 더군다나 커피포트 안에 콘돔을 넣어두는 또라이라면, 기록을 뒤져서라도 기억하지 않겠는가!

13번 진상의 별점 ★★★☆☆
"사람 먹는 데 쓰는 건데, 이건 진짜 아니죠.
게다가 구면인데 이러신다고요?"

4부

뜨겁고도
외로운
모텔 다반사

나는야 모텔 프로파일러

　장사가 잘되니 객실이 서른다섯 개로는 부족했다. 처음 인수할 때만 해도 몇 개의 방도 팔기 힘들었는데, 어느새 하루에 대실 25~30건, 숙박 35건을 기록하고 있었다. 이는 곧 일일 60개 이상의 방을 판매한 셈이 된다. 어느새 방이 없어서 못 파는 경지에 이른 것이다.

　방이 잘 팔리기 시작한 시점이 언제인가를 한번 살펴보자면 고객 연령층이 변할 무렵이지 싶다. 우리 모텔의 고객 연령층은 50~60대에서 20~30대로 서서히 젊어졌다. 신기한 점은 프런트 담당자의 나이가 젊을수록 고객 연령대도 낮아진다는 거다.

　우리가 인수하기 전에는 그 당시 사장의 동년배였던 50~60대

253

가 주요 고객층이었고, 우리가 인수한 지 한두 달이 넘어가자 30~40대 손님들이 주를 이뤘다. 그리고 프런트 담당자를 20대 직원으로 바꾸어 고객 응대를 시작하자 손님층은 20~30대로 바뀌었다. 바다의 파도는 파닥파닥한 물고기가 만들고, 들판의 향기는 막 피어난 꽃이 내는 법이다. '끼리끼리'라는 우주적 이치가 여기에서도 적용되었다.

주고객이 50~60대였던 시절에는 불륜 커플이 참 많았다. 불륜인지 아닌지는 우선 계산 방식을 통해 알 수 있다. 그들은 대부분 음흉하거나 쑥스러운 표정으로, 혹은 눈을 마주치지 않은 채 딴청을 피우며 현금을 들이민다. 그 외에도 주차장에서 번호판을 가려달라고 요청하는 점, 함께 방문한 고객들의 나이 차이가 커 보이는 점, 빠른 퇴실 등의 특징을 보인다. 그리고 '이건 백프로 불륜이다' 하는 경우는 체크인과 체크아웃을 할 때 한 명은 정문, 한 명은 후문으로 이동할 때다. 나가는 시간과 들어오는 시간도 꼭 3분 정도의 텀을 가진다.

남자가 지하철에 올라탄다. 잠시 후 다음 역에서 여자가 지하철을 탄다. 둘은 잠시나마 같은 칸에 머물며 호흡한다. 그렇게 함께 욕망이라는 역을 지난다. 남자는 다음 역에서 내린다. 여자는 남자가 내린 그다음 역에서 내린다. 두 사람에게 지하철은 스치 듯 닿은 장소, 그 이상 그 이하도 아니다. 나는 그들에게 지하철 요금을 받으면 그만이다.

하지만 언제부턴가 이런 불륜 남녀보다 실명으로 예약하는 고객이 고객명부의 대부분을 이루었고, 계산할 때도 90% 이상이 카드를 내민다.

한편 출장객과 관광객들은 모두 캐리어를 끈다. 하지만 출장 객은 어두운 색의 단정한 세미정장풍이 대부분이고, 관광객의 옷 차림은 밝고 화사하다. 게다가 전자의 얼굴과 발걸음엔 일상의 피로와 지침이 묻어 있지만, 후자는 맑은 웃음을 짓고 있으며 새 털처럼 가벼운 발걸음에서 리듬이 절로 풍긴다.

더욱이 출장객으로 예상되는 손님들에게도 특징이 있다. 우 선 그들은 대체로 후불 및 선입실을 하고 싶다고 말하며 이렇게 묻는다.

"죄송한데 법인카드라서 6시 이후에 계산해도 될까요?"

출장객의 최대 장점은 방을 깨끗하게 쓰고, 1인 1실은 물론이 려니와 칼같이 퇴실한다는 점이다. 여기에 '금연자'라면 그 손님 의 호감도 레벨은 폭등한다. 우리에게 VIP는 비싼 방을 사거나 높은 방문 빈도가 아니라 퇴실 후 머문 자리의 청결도에 따라 책정된다.

　단체 예약자들도 업무상 숙박일 때가 많다. 방송국이나 어디어디 체육회에서 올 때는 25개 이상의 방을 예약하겠다 문의하는데, 방이 없어서 못 팔 때가 많다. 게다가 만두는 단체 손님은 잘 받으려 하지 않는다. 기존 단골고객들이 일방적으로 방을 못 잡는 것이 마음에 걸리기 때문이라나?

　참고로 군인들은 입을 열면 비로 알 수 있다.

　"예약자 김정민입니다. 네, 그렇습니다. 네, 담배 안 피웁니다."

　나의 프로파일링 능력은 대략적인 분류로 끝나지 않는다. 이제는 주차하는 모습만 보아도 대강 몇 호를 예약했는지 맞히는 경지에 이르렀다. 염색모에 힙한 커플이 온다면 거의 커플 PC룸 예약자다. 남자 두 명이 내리면 트윈룸이고, 하얀 용달차를 타고 남자 세 명 이상이 내리면 온돌방이다. 남자가 앞서 걷고 여자가 살짝 뒤따라오면 부부, 깍지를 끼고 들어오면 얼마 안 된 풋풋한 커플, 여자가 계산하는 커플은 오래된 연인이랄까?

　"네네! 사장님, 감사합니당!"

　참고로 예의바른 친구들은 오히려 위험인물이다. 티 없이 귀여운 페르소나 뒤로 엄청난 짓을 아무렇지도 않게 저지른다.

어쨌거나 고객 프로파일링 이론을 세울 정도로 우리는 출장, 관광, 연인, 가족 손님 등 여러 마리의 토끼를 잡았다. 방의 공급량에 비해 찾는 수요가 너무 많아서 체크인시 대기를 하는 경우도 왕왕 생겼다.

"지금은 방이 없습니다. 3시쯤에 손님이 퇴실하시고, 그 방을 청소하기까지 30분 정도 기다리셔야 하는데, 괜찮으십니까?"

이렇게 물었을 때 짜증이나 화를 내는 손님도 없었다. 이런 가게를 이용하는데 웨이팅은 당연하다는 듯이, 마치 유명 맛집에서는 응당 번호표를 뽑고 기다리는 것처럼 말이다.

이러다 정말 숙박업계의 백종원이 되는 건가? 만두와 나는 행복의 통치를 받으며 비명을 질렀다. 삶이 이렇게 아름다운 것이었구나! 계속 웃음이 났다. 우리 부부는 눈이 마주칠 때마다 웃었고, 야단을 떠느라 책상 모서리에 정강이가 부딪혀도 웃었다. 바빠서 제시간에 밥을 못 챙겨 먹을 때조차 웃음이 났고, 제때 화장실을 가지 못해도 웃음이 멈추지 않았다. 그리고 스스로 실크 카펫을 깔고 말았다. '이대로만 가자'라는.

호텔 사장의 꿈

가게가 성황을 이루자 우리는 다음 꿈을 꾸기 시작했다.

모텔을 운영한다고 하면 사람들은 우리를 어둠의 세계에 속한 사람들로 취급했다. 확실히 모텔은 불륜, 성매매 등이 이루어지는 '굴 속'이라는 인식이 강했다. 그래서 그런지 많은 손님들이 모텔의 온갖 시설을 함부로 다루고, 모텔 직원들 역시 아랫사람처럼 대하곤 했다.

당장 가까운 예로 10만 원을 넘게 주며 가족이나 친구들과 묵는 펜션은 청소나 분리배출도 손님들이 다 해주고, 퇴실 시간은 칼같이 11시다. 그 안에 청소하고 나오려면 부지런히 움직여야 하니 아침에 제대로 쉬지도 못한다. 게다가 어디는 힐끗 보니 앞 손님이 쓴 이불을 빨지도 않고 털어서 주던데(다 그런 것은 아님) 말이다.

반면 모텔은 모텔이라는 이유로 평일 4만 원이라는 아름다운 가격에 온갖 수난을 다 겪어야 한다. 우선 숙박시설로서 제공되는 침구와 기본 용품들은 웬만한 호텔과 비견할 정도로 위생과 청결을 관리해야 한다. 호텔은 얼음물만 가져다줘도 팁을 받는 데 비해, 모텔은 콘돔부터 러브젤, 필요시 라이터니 와인 따개까지 직접 가져다주는데 팁이랍시고 돌아오는 건 늘 야한 농담을 비롯한 성희롱이다.

하지만 이제 그것도 막을 내리기 직전이었다. 우리는 영민, 영준 지배인 부부의 소개로 천안에 위치한 비즈니스호텔 건설 현장과 영업중인 시가 75억짜리 호텔을 방문했다. 80개 객실뿐만 아니라 레스토랑, 세탁실, 카페, 노래방, 포켓볼장… 부대시설만 봐도 눈이 돌아갈 지경이었다.

'75억! 75억이면 우리도 어둠의 자식이 아니라 당당한 관광업계 종사자가 되는 거야.'

호텔 사장이 될 거라고 생각하니 우리는 어깨춤이 절로 났다. 하지만 침착하자. 75억을 어떻게 꾸려야 하지? 만두나 나나 성격상 주변에서 돈을 빌리거나 빌려주는 행위는 못 견뎠다. 합법적인 대출, 제1금융권도 모자라 제2금융권 대출을 받게 되더라도 괜찮을 것 같았다. 늘 부족해서 못 팔던 방이기에 시작할 수만 있다면 금세 갚고 일어설 것이다.

생각은 깊게, 실행은 신속하게! 우리는 당장 서울에 있는 한 증권사와 상담을 통해 30억가량의 대출을 받기로 했다. 호텔을 방문한 뒤로 매매를 보다 빠르게 결정했던 이유 중 하나는, 탁월한 능력으로 우리와 신임을 쌓은 지배인 부부가 '처음 숙박업을 가르쳐준 사람'이라며 소개해준 호텔 사장의 공이 컸다. 자신의 경험을 청산유수로 풀어내는 말솜씨는 물론이요, 그가 타고 온 벤츠 S클래스와 에르메스 벨트, 'K.D.Y'라는 이니셜이 선명하게 새겨진 셔츠와 검은 슈트, 번쩍번쩍한 페라가모 구두도 한몫했다. 그가 우리에게 설명하는 비전과 직접 끌어내온 물질적인 결과를 눈으로 확인하니 믿음이 더해졌다.

"이거 탐내는 사람이 많아요. 그만큼 완벽한 물건이에요. 상권도 좋고 건물 자체가 잘 빠져서 인수하겠다는 사람이 넘치는데, 믿는 동생이 부탁하길래 특별히 싸게 주는 거예요."

사장은 증권 대출상담팀 직원들과 함께 VIP 고객들만 들어갈 수 있다는 공간으로 우리를 안내하며 말했다. 잘 익은 포도가 손에 닿을 곳에 있었다. 그걸 따 먹기만 하면 된다. 계약금 7억 5,000만 원을 넣으면 계약이 체결된다. 하지만 그때는 이미 금요일 늦은 오후였고, 이 정도로 큰돈은 직접 은행에 방문해야만 이체할 수 있었다. 인터넷뱅킹으로는 1억 5,000만 원이 한계였다.

"여보, 오늘 마침 금요일이고 단위가 크니까 주말까지만 더 생각해보고 월요일에 처리하자."

내가 이렇게 말했지만 사실 만두는 이미 귀를 닫은 상태였다. 팔랑귀 영업 종료. 우리는 증권사와 사장님께 당장 송금할 수 있는 금액은 1억 5,000만 원이 한계라는 사정을 설명하고 그 자리에서 송금했다.

'그래, 기왕 하기로 한 거!'

호텔이 잘되면 체인을 내야겠다며, 우리는 그렇게 인생의 계단을 한 칸 더 오르는 꿈 앞에 서서 고개를 주억거리며 들떠 있었다.

호텔 거지의 꿈

"형님, 그 자식이 날랐답니다."

영준으로부터 전화가 왔다. 당시 영준의 목소리는 침착하게 들렸단다. 그대로 만두는 나에게 전화를 걸었다. 영준과 달리 만두의 목소리는 다급했다.

"여보, 그 자식이 돈 들고 날랐대."

"…와하하하하!"

집에서 설거지를 하던 나는 통화를 마치고 크게 웃었다. 마침 이때는 유학중이던 아들이 잠시 한국에 들어와 있을 시기였다. 내 웃음소리에 옆에 있던 아들놈이 무슨 일이냐고 물었다.

"1억 5,000만 원 투자한 거, 사기당한 것 같아. 푸하하하!"

내가 코미디 프로그램이라도 보듯이 낄낄대자 아들이 다시 물었다.

"근데 왜 웃어?"

아들이 크게 웃어젖히는 나를 이해할 리 없었다.

정신을 차리고 상황을 파악해보니 그 호텔은 영준, 영민 부부와 호텔 사장을 필두로 인수 투자자를 열심히 긁어모으던 상황이었다. 즉 우리 말고도 다른 피해자들이 있다는 뜻이다. 영준은 강하게 투자를 추천하며, 잘못될 경우 자신이 책임을 지겠다고 공증까지 선 상태였으므로 우리는 전혀 그들을 의심하지 않았다. 하지만 수십억에 달하는 투자금을 들고 호텔 사장은 필리핀으로 도주했다. 경찰이 수배를 내리고 사장의 계좌를 압수해 몇 번이고 조회해보았으나 잔액은 0원이었다.

사기 피해자들과 합동 소송을 진행하였고, 여러 변호사를 만나 상담해보았지만 필리핀으로 도주한 호텔 사장은 지명수배가 최선이며 공범으로 의심되는 영준과 영민은 증거가 부족해 처벌할 수 없다는 말을 반복해 들었을 뿐이었다. 더군다나 해외로 도주한 호텔 사장이 나중에 잡혀 들어와도 개인 명의 재산이 없는 경우 보상받을 수 없다고 했다. 영준이 작성해준 공증 서류만으로는 그에게 민사상 배상책임을 물을 수도 없었다. 신의가 곁들여진 허술한 법적 조치는 억 소리 나는 피해액으로 돌아왔다.

영준, 영민 부부와는 자연스레 멀어졌다. 직접적으로 내뱉은 적은 없었지만, 탓하는 마음이 샘솟는 것을 어찌할 도리가 없었다. 그런 와중에 그들은 불에 기름을 퍼부었다.

"최종 선택은 형님이 하셨잖아요."

그들은 우리 같은 투자자들을 끌어모으기는 했으나 정작 본인들은 단 1원도 투자하지 않았다.

사실 이것은 인과응보다. 우리는 일 년 전에 새 아파트를 시세보다 싸게 매입했다. 이제 막 결혼했지만 성격 차이로 이혼을 준비하던 신혼부부의 아파트였는데, 매매하고 나서 보니 여자가 잠시 여행을 간 사이에 남자가 급매로 내놓은 매물이었단다. 여자가 뒤늦게 그 사실을 알고 찾아와서 소유권 이전 등기 취소를 해달라 애원했지만… 우리가 이미 끝난 거래라며 매몰차게 거절했다. 딱 그때 얻은 차익만큼 이번에 우리가 사기를 당했다. 내가 큰 소리로 웃었던 건 바로 이런 이유였다.

어차피 불로소득, 내 돈이 아니었으니까, 그 여자 눈에서 눈물 나게 했으니까, 정당하지 못했으니까. 인생은 부메랑이구나, 깨끗하게 살자, 죄짓지 말자, 계속 웃음이 났다.

지금은 떠나버린 지배인 부부의 6개월 치 월급 7,000만 원과 부가세 700만 원, 사기당한 금액 1억 5,000만 원. 큰돈과 함께 6개월이라는 짧은 시간 동안 많은 것을 배울 수 있었다. 넘어져도 다시 일어설 수 있는 나이에 이런 경험을 한 것에 감사하다. 오히려 그들을 만나지 않았다면 모텔을 인수하고 몇 개월 안 가서 망했거나 헐값에 팔아넘겼겠지. 그들에게 여러 노하우를 배운 것은 사실이다. 그러니 장사하는 법을 그 가격에 배운 셈으로 치면 된다. 그 덕에 지역 내 매출 1등도 해봤지 않나. 포기하면 실패가 되지만 다시 도약하면 역사가 된다잖아. 힘내자. 감상에 젖을 찰나, 만두가 한마디 던진다.

"우리가 만약 그때 대출까지 제때 받아 30억을 넣었다면?"

음, 그럼 우리는 아마 이 세상에 없었을 거라고. 한 많은 귀신이 되어 천안의 호텔 주변을 떠돌았을 거라고.

너는 콘돔을 흘렸고
나는 눈물을 흘렸다

영준, 영민과 불미스러운 일로 우리가 잃은 것은 돈뿐만이 아니었다. 함께 일하던 주간 직원 민세까지 큰 호텔을 맡겨주겠다는 영준과 영민의 비전을 좇아 우리를 떠난 것이다. 사실 우리 부부는 '비전'이란 단어를 생각해본 적도 없었다. 수습 3개월 이후부터 월급을 올려주었고 매출 목표를 달성하면 성과급을 준 게 전부였다. 떠나버린 민세야, 잘 지내니.

직원 제외하고 넷이서 꾸려가던 살림을 둘이서 이어가려니 자꾸 사소한 문제로 부딪힌다. 힘이 드니 짜증도 잦고, 본심과는 다르게 험한 말도 나오게 된다. 서로 너무 바쁘니 사적인 대화가 줄고 업무 얘기만 겨우 하는 지경에 이르렀다. 특별히 싸운 건 아닌데 서로 마주보고 식사한 게 언젠지.

그나마 아이들이 둘 다 유학을 간 상태라 다행이었다. 중고등 학생으로 청소년기를 보내고 있었을 두 아들이 집에서 통학하는 상태였다면 아마 전형적인 방임, 방치 육아였을 것이다. 아닌가, 고등학생 아들놈이 프런트만 봐줘도 나았을까? 하지만 아버지 가게 일을 돕던 고등학생 아들을 누군가 신고해서, 미성년자 고용금지 위반으로 업주인 아버지가 잡혀간 사연이 생각났다. 바쁜 아버지를 대신해 아이가 잠깐잠깐 계산하는 일을 도왔다가 그 사달이 났던 것이다. 아무리 제 자식이라도 유흥주점, 비디오방, PC방, 호프집 등 청소년에게 유해하다고 여겨지는 사업장에서는 일할 수 없다. 숙박업을 도와주는 아들이라? 첫째를 떠올려본 만두는 고개를 절레절레 저었다.

어느새 우리 부부는 동업자 그 이상 그 이하도 아닌 사이가 되었다. 가끔 이런 불만을 친구들에게 이야기하면 친구들은 나를 비웃듯이 말한다.

"너는 아직도 네 서방 좋아하냐?"

"네가 더 많이 좋아하나보네."

"얘는 서방 좋아하는 애잖아."

한 사람을 오래 사랑하는 일이 우스운 건가, 한 사람을 처음처럼 바라보는 일이 이상한 일인가, 내 쪽에서 더 사랑하는 게 부끄러울 일인지 진심으로 묻고 싶다.

그날도 나는 청소 팀이 본격적으로 청소를 시작하기 전에 빠른 환기를 위해 퇴실한 방으로 향했다. 콘돔 하나가 객실 입구 쪽에 떨어져 있었다.

'에이씨, 휴지통에 잘 좀 버리지.'

티슈 한 장을 뽑아 감싸려는데 어라, 티슈 옆에 두번째 콘돔이 있다. 얼씨구 하는 마음으로 치웠더니 침대 머리맡에 세번째 콘돔이 있었다.

'어쭈! 짧은 시간에 세 번이나? 큭큭…'

이젠 진짜 없겠지 싶어 객실 창문을 여는데 창틀에 네번째 콘돔이 있었다.

'아까 너네들 이 정도였단 말이니?'

헛웃음과 함께 갑자기 눈물이 펑펑 쏟아졌다.

얼마나 사랑하는 사이일까, 얼마나 서로가 좋을까. 나도 저런 시절이 있었는데. 너무 좋아서, 너무 떨어지기 싫어서 꼭 붙어 있던 시절. 안고 싶고 입 맞추고 싶고… 그냥 살만 대고 있어도 좋았던 시절 말이다. 부모님을 속여가면서 남편과 지새던 밤들, 그 수

줍음과 떨림, 설렘과 두근거림, 둘이 함께할 때의 여러 습관들과 비밀, 수많은 다짐과 약속들, 함께 있으면서도 헤어질 순간이 다가오는 것을 아쉬워하던 시절이 분명히 있었더랬지. 내가 세상에서 가장 강한 사람이라고 믿었던 아버지…. 아버지를 향한 믿음보다 만두에 대한 믿음이 더 커졌을 무렵 우린 결혼을 했다. 평생 이 사람이면 되겠다 싶었다. 운동을 오래했던 사람이라 의리가 있을 줄 알았다. 사랑에 대한 의리랄까, 지조 같은 것 말이다. 그런데 바쁘게 살다보니 의리는 있는데, 이게 남자와 여자로서가 아니고, 사람 대 사람의 의리다. 너무 외로웠음에도 바빠서 외로운 줄 몰랐던 나의 눈에서 뜨거운 눈물이 떨어졌다. 이제는 식어버린 콘돔 위로.

난 원래 꿋꿋한 체질이었다

세상이 자꾸만 나를 울린다. 너무 힘들어 눈물이 마르지 않는
다. 캔디처럼 꿋꿋하게 잘 지내는 사람이었는데. 문득 백석 시인
의 〈내가 이렇게 외면하고〉라는 시가 눈에 들어온다. 그리고 나
도 그의 시를 따라 걸으며 시인의 흉내를 내본다.

내가 이렇게 눈물을 참아내는 것은
늦가을 낙엽이 나뭇가지에 매달려 아직 떨어지지 않은 까닭
이다

내가 이렇게 눈물을 참아내는 것은

바삭한 우유식빵을 따뜻한 양송이수프에 푹 담가 적당히 배를 채운 까닭이다

내가 이렇게 눈물을 참아내는 것은
성성한 몸뚱이로 학교에 다니는 두 아이들이 있는 까닭이다

내가 이렇게 눈물을 참아내는 것은
술에 취해서든 멀쩡해서든 미친놈처럼 사랑한다는 말을 뱉어주는 네가 있는 까닭이다

내가 이렇게 눈물을 참아내는 것은
소리 내어 울기엔 내 귀가 너무 밝은 까닭이다

그러니까 울지 말자!
상실이 낳은 상상력으로 오늘을 살아가자!

커피포트에다 뭘 끓인 거니?

언젠가 새로운 사랑을 시작하는 일은 새하얀 속옷을 입는 것이란 생각이 들었다. 하얀 속옷을 입는 날에는 겉옷에도 신경을 써야 한다. 청바지나 원색을 입으면 하얀 팬티 위에 겉옷 색깔이 그대로 물들기 때문이다. 게다가 시간이 흐를수록 사용감을 피할 길이 없다. 매번 락스 물에 삶아 빨아야 그나마 하얀색을 유지할 수 있다.

빛나가 이런 번거로움에도 하얀 속옷을 고집했던 것은, 바다에 소금이 어울리듯이 하얀 피부의 그녀에게 흰 속옷이 퍽 잘 어울리기 때문이다. 남자친구인 지호와의 생일맞이 데이트 날짜가 정해진 건 꽤 오래전이었다. 무려 1박 여행을 가기로 했다. 시간

적 여유가 있었기에 빛나는 큰맘 먹고 신세계백화점 비너스 매장에서 새로 출시한 '4월의 신부를 위한 웨딩 브라팬티' 세트를 거금 30만 원을 들여 장만했다. 사실 말이 30만 원이지, 속옷을 사러 반차를 내고 시내에 있는 신세계백화점을 향해 두 시간 반을 내달렸다. 기름값까지 생각하면 수지가 안 맞는 듯도 하지만 지호를 더 사랑하는 것은 그녀였다. 기념비적인 첫 외박이었으므로 이 정도 값은 기꺼이 치를 의향으로 가득했다.

드디어 여행 당일, 하얀 웨딩 속옷을 입고 거울로 확인해보니 30만 원을 들인 것 이상으로 만족스러운 결과물이었다. 그러나 바쁘게 나오느라 팬티라이너를 두고 온 것이 문제라면 문제. 함께 이동하는 도중에 생리대도 아닌 팬티라이너를 구입하는 것은 오히려 창피할 것 같았다.

저녁식사 후 모텔로 향했다. 화장실도 최대한 자제했다. 혹시 모를 흔적에 대비해 절차에 돌입하기 전에 방안의 조명부터 낮출 작정이었다. 인지 능력을 저하시키기 위해 술도 적당히 마신 상태였다. 이제 둘은 연인으로서 취할 마지막 거점을 향해 진입했다. 이제부터는 직진이다. 속도를 낮출 수도, 후진할 수도, 멈출 수도 없다. 욕망에 휩쓸린 커플이 그로부터 해방된 것은 이른새벽이었다.

멍하게 누워 있던 빛나는 그제야 속옷이 떠올랐다. 팬티를 들고 욕실로 들어가 확인하니 '하얀 팬티'가 '그냥 팬티'가 되어 있다. 얼른 샴푸로 세탁을 시도한다. 거품이 난 팬티를 헹구어보지만 어젯밤이 남긴 자국은 쉽게 지지 않는다. 그러다 갑자기 떠오른 아이디어는… 팬티를 삶아보자는 것이었다. 어디 누가 이기나 해보자. 다시 한번 샴푸로 거품을 낸 팬티를 커피포트에 넣고 'on' 버튼을 누른다. 방안이 커피가 아닌 샴푸 향기로 가득해진다.

그 무렵 잠에서 깬 지호가 함께 샤워를 권하고, 둘은 서로의 등을 부드럽게 샤워 볼로 밀어준다. 알콩달콩 샤워를 끝낸 후 먼저 화장실을 나선 그가 무언가를 부스럭부스럭 꺼낸다.

"자, 이거 받아. 자기랑 커플로 샀어."

커플 속옷이었다. 두 사람은 같은 무늬의 속옷을 맞춰 입었다. 그 모습이 한 쌍의 공작새 커플 같았다. 한편 지호와 한시도 떨어지지 않고 1박을 한 빛나의 뱃속은 부글부글 대며 평화롭지 못했다. 생리현상을 24시간 이상 막기란 쉽지 않다. '빨리 나가자. 이 방을 먼저 나서자.' 빛나는 급하게 방을 나선다. 새로운 사랑을 시작한다는 건 흰 팬티를 입는 것처럼 번거롭다.

나는 708호가 퇴실하자 방으로 향했다. 이상하게 공기가 향긋하다 생각하며, TV와 컴퓨터가 잘되는지 확인한 후 커피포트를 열었다. 사용한 콘돔이 포트에 들어 있던 사건 이후로 훨씬 더 철저하게 챙기는 편이다.

"이번엔 너냐?!"

주인을 잃어버린 여자 팬티가 홀로 들어 있다. 꽤 오래전에 도시 전설처럼 인터넷에서 퍼지던 이야기, '커피포트로 양말과 속옷을 세탁한다던 외국인들'에 대한 이야기가 떠올랐다. 마찬가지로 여기에다 팬티를 삶은 모양이다. 이 포트는 버려야겠다.

누나, 우리 방에서
같이 술 마실래요?

관광철이라 손님이 많다. 그들은 대체로 프런트에 있는 나에게 주변에 갈 만한 식당이나 술집 등을 자주 물어본다.

"누나, 여기서 술 마시고 놀려면 어디로 가야 해요?"

30대 초반 즈음으로 보이는 손님 여럿이 와서는 내게 '누나'란다. 간만에 나쁘지 않은 기분을 느끼며 날아갈 듯 대답한다.

"큰길로 쭈욱 나가서 은행 보이시면…"

내 말이 끝나기도 전에 그는 이어 묻는다.

"거기 가면 누나 같은 사람 많아요?"

"누나는 언제 끝나요? 누나랑 놀려면 어떻게 해야 돼요?"

"끝나고 우리 방에서 같이 술 마실래요?"

나는 뭘 모르는 이 가소로운 아이들을 보고 웃으며 생각했다. 애들아, '누나'는 아들이 있단다. 벌써 고등학생이야. 그리고 '누나'는 아저씨랑 같이 일해. 저기 주차장에서 담배 피우는 덩치 큰 무서운 아저씨가 바로 '누나' 남편이란다.

항구에 울리는 뱃고동소리

그날도 어김없이 한낮에 부풀었던 꽃들은 시들고, 바람이 내는 소음에 침묵이 깨지는 밤이었다. 연주는 가정사로 힘들어하던 중에, 가게에 시간이 얽매인 나를 위해 모텔 프런트로 직접 만나러 와주었다.

차라리 비라도 내리지. 살짝 열린 창문 틈새로 향긋한 봄바람이 살랑거리는 날이라서 연주의 아픔을 듣는 내내 애잔했다. 힘내라는 말도 함부로 할 수 없어서 그냥 눈을 마주치며 고개를 끄덕이는 일밖에 해줄 수 없었던 그 순간.

"아~"

하는 소리가 들렸다. 도레미파솔라, '라'에서 '시' 정도의 음계

랄까? 연주와 나는 잠시 눈을 마주쳤다가 고개를 돌려 다시 얘기를 이어갔다. 사실 그 소리를 나뿐만 아니라 연주도 들었겠지만, 그 소리는 정말이지 들어도 못 들은 소리여야만 했다. 나는 지금 친구를 마음 깊이 위로하는 역할이다. 이런 진지한 상황에서 먼저 분위기를 깨트릴 수는 없었다.

"아~ 아~"

이번 음계는 두 음 정도 더 높았다. '도' 정도랄까? 리듬, 아니 박자도 빨라진 것 같았다.

가만 들어보니 그것은 항구의 소리였다. 문득 언젠가 동양철학 책에서 읽었던 구절이 생각났다. 나라와 나라 또는 도시와 도시는 열린 입구, 즉 항구나 공항을 통해 교류한다는 내용이었다. 그러면서 항구나 공항에 배가 드나드는 것을 인간으로 비유하자면 나와 타자가 만나는 연결 지점으로서, 여성과 남성의 성기가 하는 일로 연결시켰다. 그렇게 생각해보면 〈남자는 배 여자는 항구〉 노래도 19금인가? 생각이 그리로 흘러가자 항구에서 '우웅' 하고 길게 울리는 뱃고동소리와 윗층에서 나는 여성의 '아아' 하는 신음소리가 꽤나 비슷하다 싶었다.

4부

세번째 뱃고동소리가 들렸다. 연주와 나는 약속이라도 한 듯, 이야기를 멈추고 소리가 나는 창문 쪽으로 종종 달려갔다. 창문을 10cm 정도 더 열고는 서로를 마주보는 자세를 취한 채 필사적으로 창밖을 향해 귀를 가져다 댔다. 눈을 마주친 우리는 동시에 웃었다. 그 순간 긴장이 늦춰지면서 연주의 얼굴엔 애달픈 상념은 떠나가고 부끄러운 원초적 미소가 도착하고 있었다.

사라진 운동화

방학과 연휴가 골고루 껴 있는 7, 8월과 12월~2월엔 대실 손님이 넘쳐난다. 아침부터 손님을 치르느라 정신없는 가운데 모르는 번호로 걸려오는 전화 한 통.

"저기요. 어제 305호 묵었던 사람인데, 제가요, 거기에 신발을 두고 온 것 같아요."

이슬은 피트니스를 갔다가 갑작스럽게 남자친구를 만나기로 하는 바람에, 구두로 갈아 신은 뒤 신고 왔던 하얀색 나이키 운동화는 손에 들고 모텔로 향했다.

'밖에서는 잠깐이고 곧 모텔로 들어가겠지만…'

그래도 오랜만에 보는데 운동화보다는 구두가 좀더 여성스러워 보일 것 같기도 했고, 작은 키에 대한 콤플렉스 때문에 굽이 높은 신발을 신지 않으면 마치 맨몸으로 외출하는 기분이 들었다. 술 한두 잔 마시고 언제나처럼 모텔로 직행하는 짧은 데이트를 마치고 집에 오자마자 노곤함에 바로 곯아떨어졌다. 비록 점점 연락이 뜸해지고 분위기 좋은 카페보다는 침대가 푹신한 모텔로만 향하는 것 같기도 하다만. 그리고 다음날, 언제나처럼 피트니스를 가려니 그제야 운동화가 생각난다.

"저기요. 어제 305호 묵었던 사람인데요, 거기에 신발을 두고 온 것 같아요."

모텔 주인으로 들리는 목소리가 잘 찾아보겠다고 했다. 잠시 후 신발은 없다는 연락이 왔다. 자기들은 분실물이 나오면 따로 보관해두는데 없었다나? 이슬은 어이가 없었다. 그 운동화는 사서 신은 지 일주일밖에 안 되었고, 실내에서만 신어서 새 것이나 진배없었다. 다시 찾아보겠다는 말에 답답해서 몇 번이나 통화를 했지만 역시 운동화가 없다는 말뿐.

"거긴 무슨 분실물 관리를 그따위로 해요? 손님이 물건을 두고 가면 확인도 안 하고 함부로 막 버리나보죠?! 나를 바보로 아는 거야, 뭐야? 참 어이가 없네!"

통화 종료 버튼을 누른 이슬은 그대로 핸드폰을 자기 침대에 내동댕이쳤다.

일방적으로 끊긴 전화에 어안이 벙벙해진 나를 보며 만두가 대신 화를 낸다.

"뭐야. 그 운동화 또 전화 왔어? 운동화, 모텔에 들고 온 건 맞다니? 자기 물건 제대로 안 챙겨놓고 왜 자꾸 우리한테 난리들이야."

여러 차례 전화로 실랑이를 벌이고, 어느 기점부터 이 고객의 짜증이 나를 향한 게 맞나 싶은 의구심이 들던 차였는데 모양새를 보아하니 다시 전화가 올 것 같진 않았다. 그러든지 말든지 혼자 궁시렁거리던 만두는 A4 용지와 매직을 갖고 와서 무언가를 적는다.

"이거이거, 엘리베이터에 잘 보이게 붙여놔."

귀중품은 프런트에 맡겨주시기 바랍니다.
프런트에 보관하지 않은 분실물에 대해서는 책임지지 않습니다.

시키는 건 내가 또 잘하지. 유리테이프와 종이를 들고 총총총 엘리베이터로 향했다.

　'그런데 신던 운동화가 귀중품인가? 이거 보고 별걸 다 맡기면 어쩌려고?' 하는 의구심이 들었지만, 온갖 것을 다 맡아주는 귀찮음과 도난 사건을 처리하는 데 드는 품을 잠시 비교해보고는 테이프와 함께 의구심을 끊어냈다.

바람과 함께 사라진 직원

이보영, 50대 남성. 우리의 새로운 야간 직원으로 보영이 들어왔다. 솔직히 우리는 업계에서 나이가 젊은 편이기에 보영에게 일을 지시하기가 참 애매할 때가 있다. 뭐, 핑계를 대자면 유교문화, 장유유서 때문이라고 해두자. 그래서 사람을 뽑을 때 우리는 피면접자가 만두보다 어려야 한다는 기준을 정해두었지만, 이번에 함께 일하게 된다면 성실하게 잘하겠다고 강하게 어필해온 터라 보영과 함께 일해보기로 했다.

보영은 한쪽 다리가 불편함에도 그 어떤 직원보다 근태가 훌륭했다. 하루 근무 시간이 12시간이지만 거의 14시간 이상 머물며 이곳 업무를 제 일처럼 해주었다. 우리는 이런 그가 참 고마웠다. 나이를 이용해 대우받으려는 사람이 아니라, 나이 먹은 만큼 깊이 있게 생각하고 행동하는 사람이었으니 배우는 게 더 많았다. 한 가지 단점이라면 '가불'이 잦다는 것이었다. 다만 금액이 큰 것도 아니고 본인이 일한 날짜만큼의 금액이어서 부담은 없었다.

명품 소비도 안 하는 것 같고, 술도 안 마시고, 결혼도 안 했고… 혼자 지내는데 돈은 다 어디에 쓰이는 걸까. 괜한 궁금증이 생기던 차에 우연히 알게 된 사실은, 보영이 도박을 즐긴다는 것이다. 솔직히 의외라 조금 무서운 기분마저 들었다. 그렇게 성실한 분이? 나이가 어느 정도 있으니 별문제 없기를 바랄 뿐이지만, '털어서 먼지 안 나는 사람 없다'는 말이 떠오르면서 보영의 고독을 상상해봤다. 그후로 보영을 대할 때면 그의 고독을 쉽게 건드리는 사람이 되고 싶지 않아 조심스러워졌다.

우리 모르는 사이예요

"12시 퇴실인데 지금 오후 5시입니다. 시간이 많이 지났어요."

퇴실 시간으로부터 5시간이 지나도록 나오지 않는 507호 손님들 때문에 나는 오늘도 애를 먹는다. 추가 요금을 떠나서 오후 3시면 숙박 손님을 받아야 하는데 저렇게 안 나오고 버티고 있으니 환장할 노릇. 함께 숙박한 손님들 중에는 또래 여자 손님들도 섞여 있었다. 그리고 겨우 마지막까지 방을 지키다 어슬렁어슬렁 걸어나오는 한 남자에게 요금을 청구해본다.

"만 원밖에 없는데요?"

퇴실하려는 남자는 배 째라는 듯 내게 말했다. 남자의 왼쪽 팔을 가득 채운 문신 위로 롤렉스 금장 시계가 반짝인다. 뱀 그림이 그려진 구찌 운동화까지 신은 걸 보니 돈이 없지는 않은 듯한데.

"그럼 같이 있던 여자분들께 연락하세요."

"전화기 없는데요."

"그럼 제 전화기로 해보세요."

물러나지 않는 창과 방패의 싸움에 남자의 말투가 거칠어진다.

"아 그년들 연락처 몰라요."

"그럼 어떻게 만나신 거예요. 연락을 하셨을 거 아니에요?"

"페북 친구라고요, 씨발."

태도를 보아하니 도저히 안 될 듯하여 손사래를 치고 경찰을 부르겠노라 말했다. 그 순간 남자가 겨드랑이에 끼고 있던 클러치에서 2만 원을 꺼내 나에게 던졌다. 순순히 그럴 것이지 싶다만, 나를 죽이겠다느니 가게를 망하게 하겠다느니 갖은 협박성 발언을 하고 나간다.

정확히 이틀 후, 다른 직원이 근무하는 시간대에 또 '안 나가 빌런'들이 입실했다. 다음날도 오후 5시가 넘도록 전화를 받지 않았다. 문을 두드려도 열어주지 않았다. 사실 직원들에게는 마스터키가 있어 문을 열 수 있지만 무단침입인지 뭔지 이름 모를

법 때문에 경찰 없이는 주인일지라도 퇴실하지 않은 객실의 문을 함부로 열지 못한다.

혹시 우리가 확인 못한 사이에 키를 꽂아두고 퇴실한 것은 아 닐까? CCTV를 돌려보니 나와 입씨름하던 그때 그 녀석들이다. 엊그제 짝이 안 맞는 슬리퍼를 신었던 무리 중 한 녀석의 몰골로 확신할 수 있었다. 왼발은 뉴발란스, 오른발은 아디다스. 그리고 그와 동행한 녀석은… 구찌 운동화.

오후 6시. 그사이 507호의 문이 몇 번이나 열리고 닫혔다. 이 제는 나갔겠지 싶어서 마스터키를 들고 507호로 향했다. 문을 여 니 어라, 상의를 벗은 남자가 태연하게 침대에 누워 핸드폰을 하 고 있었다.

"…손님!!"

단 한 줌의 어이도 남지 않은 내가 있는 힘껏 목에 힘을 주고 외쳤다. 그러나 남자는 아무렇지 않은 듯 능청스럽게 핸드폰만 바라본 채 "네에에에?" 하고 말을 길게 늘어뜨리며 대답했다.

"퇴실 시간이 많이 지났습니다. 이 방, 다음 예약 있어요. 빨리 퇴실 부탁드려요."

그제야 투덜거리며 나가는 녀석. 오후 6시가 훌쩍 넘어서야 그를 내보내는 데 성공했다. 그래봤자 상처뿐인 성공이었다.

그가 떠난 방에 들어가니 침대와 방바닥에 라면 국물이 의도적으로(!) 뿌려져 있었고, 스타일러 안에는 온갖 음식물 찌꺼기가, 그 외에도 바닥에는 담배꽁초, 침, 담뱃재가 조롱하듯 전시되어 있었다. 모텔에서 무료로 제공한 음료가 50캔은 넘게 있었는데, 전부 따놓고 절반도 마시지 않거나 몇 개는 넘어뜨려 바닥에 음료가 끈적하게 달라붙어 있었다. 어쩜 이렇게 온 마음을 다해, 열정적으로 불쾌한 기분을 드러낼 수 있는 걸까. 방안에 비치된 수건도 이미 담뱃재와 라면 국물, 음식물 찌꺼기로 얼룩져 있었다. 나의 마음도 함께 얼룩졌다. 그래서 경찰에 신고를 했다. 재물손괴라도 물을 참이었다.

그리고 며칠 후에 경찰로부터 연락이 왔다.

"미성년자 혼숙이었네요. 진술하러 오셔야겠습니다."

경찰서에 다녀온 만두는 그들의 신분증을 검사하는 CCTV 화면을 증거로 제출해야 무혐의가 인정된다는 이야기를 듣고 왔다. 그러나 사건이 접수되고 그 아이들이 잡히기까지 2주가 넘게 소요되면서 동영상 자료는 기한 초과로 삭제된 상태였다. 신분증 검사를 하는 증거 영상이 없으므로 결국 우리만 불리해졌다. 억울하다. 우리 모텔은 분명히 미성년자 숙박을 엄격히 제한하고 있었고 입실할 때 신분증 검사까지 했다. 상식적으로 모텔측에서 그 아이들이 미성년자인 줄 알았다면 왜 나서서 경찰에 신고를 했겠는가!

"술집에서 10만 원 상당의 술을 마신 청소년들이 계산할 시간 이 되자 자신들은 청소년이니, 신고하든지 그냥 보내주든지 선택 하라며 주인을 협박했습니다. 주인은 영업정지와 벌금 등 손해가 더 커지는 걸 막으려고 아이들을 그냥 보내주었다고 합니다. 주 인은 자신과 같은 피해자가 없기를 바란다며 지역 커뮤니티 카페 에 소식을 올린 것으로 확인되었습니다."

때마침 틀어놓은 TV에서 뉴스가 흘러나왔다. 철저히 망가진 우리의 객실이, 피해자가 뻔히 있는데 가해자가 없다는 것이 말 이 될까. 혼숙에 대해서야 속아넘어간 우리 잘못이라고 치더라 도, 박살내놓은 우리 객실은 누구에게 죄를 물어야 하나. 소년들 을 위한 법. 아이들의 미래를 위해 기회를 주는 것 역시 이해하지 만, 이것은 분명 용서나 관용의 문제를 벗어난다.

모텔이라는 무대

미성년자 문제로 머리가 깨질 것 같은 나날들을 보내고 있었다. 산 넘어 산이었다. 내 평생 불운을 다 끄집어내 당겨쓰는 기분이 들었다. 그러던 어느 날 늦은 밤이었다. 만두의 차가 빗길에 미끄러지면서 중앙선을 침범해 가로수를 들이받는 교통사고를 냈다. 가로수가 몇 개나 부러지고 타고 있던 차는 폐차를 해야 할 수준이었다. 다행히 하늘이 도왔는지 만두의 생명엔 지장이 없었다. 이쯤 되면 남편이 살아 있음에 감사해야 했다.

기절했던 만두가 눈을 뜨자마자 아들에게 한마디를 던진다.

"느그 엄마 울었냐, 안 울었냐?"

"울었어."

그 질문이 나로서는 짠하면서도 감동적이었다.

응급실에서 돌아온 만두는 계속 다리가 아프다고 하소연했지만, 담당의는 이상이 없다는 소견만 반복했다. 결국 다른 병원에서 사진을 찍어보니 허벅지 안에 가로 15mm, 세로 20mm 정도의 크기로 피가 굳어 있었다. 더욱 심각한 건 점점 더 그 부위가 넓어지고 있었다는 것이며 처치가 늦어지면 다리를 절단해야 할수도 있다는 점이었다. 허겁지겁 수술 날짜를 잡았다.

6월 8일, 수술 당일 만두에게 걸려온 전화.

"뭐 필요한 거 있어? 병원에 뭐 챙겨갈까?"

내가 묻자 만두가 생각지 못한 소리를 한다.

"보영이 형님이 연락이 안 된다."

수술 당일이었다. 12시간 주간 근무를 담당하는 직원에게 사정을 얘기하며 24시간 연장 근무를 부탁하고, 다음날 오전 7시부터는 내가 근무하기로 했다. 만두의 수술이 잡힌 걸 알고도 잠수를 타버린 보영이 야속했다. 게다가 그날은 큰아들의 생일이었다. 유학을 다녀와 한국에서 맞는 스무 살 첫 생일이었지만 미역국도 끓여주지 못했다. 그 와중에 나는 그전 날 코로나 백신 1차 접종의 후유증으로 열이 40도가 넘게 올랐었다. 하지만 주간 근무를 대체할 인력이 없었다. 어쩔 수 없이 아침 근무를 서야 했다. 설상가상으로 근무중에 체육 수업을 받던 둘째 아들에게서 전화가 왔다. 인대가 끊어진 것 같아 보건 선생님께서 정형외과에 가라는데, 데리러 올 수 있냐는 것이었다.

"아, 엄마가 지금 가게라서…"

안 된다는 말을 어렵게 꺼냈다. 대신 카카오택시를 불러주었다. 다행히 아들은 만두의 신용카드를 가지고 있어서 스스로 병원으로 향할 수 있었다.

모든 것이 엉망이었다. 왜 하필 다 지금인 거지? 나는 하루에도 몇 번씩 스스로 부서지며 목숨을 끊는 파도처럼 힘들었다. 보영은 왜 남편의 수술 당일 떠나버린 건지 마냥 원망스러웠다. 한편으로 도박쟁이들에게 보복을 당한 건 아닌지 걱정되기도 했다.

며칠째 보영을 찾는 사람들의 전화가 모텔에 빗발쳤다. 어느 시점에 핸드폰이 꺼져 위치를 추적할 수 없단다. 그리고 또 며칠이 지나자 휴대전화가 정지되었다는 소식이 들려왔다. 잘 계시나 보다 싶어 차라리 다행이었다.

숙박업이 힘든 까닭은 365일 24시간 쉬는 시간이 없다는 것이다. 하루 정도 '개인 사정으로 쉽니다', 아니면 규칙적으로 '일요일은 쉽니다', '둘째, 넷째 주 월요일 쉽니다' 같은 말이 안 통하는 업종이다. 영업 시간은 연중무휴, 프런트는 오전 7시부터 오후 7시까지. 아침이 시작이라고 할 수도 없고, 저녁이 시작이라고 할 수도 없다. 밤이라고 해서 끝이라고 할 수 없고, 오전이라고 해서 끝이라고도 할 수 없다. 퇴실하면 끝이지만 다시 청소하고 입실하니 시작인 셈이다. 모텔이라는 작은 우주 속의 영원한 회귀랄까? 궤도의 이탈이 또다른 궤도의 진입이라는 말처럼 "손님의 이탈은 또다른 손님의 진입이다. 손님의 퇴실은 또다른 손님의 입실이다." 모텔이라는 이름이 가진 숙명은 영원회귀의 굴레다.

미성년자 입실, 그 결과

　며칠 뒤 우리가 피해자라는 증거가 부족하다는 까닭에 모텔
은 영업정지와 벌금형에 처했다. 금액으로 환산하면 1억 원이 넘
는 손해다. 망가진 재물에 대한 책임은 그 누구도 지지 않았다.
그나마 다행인 것은 그날의 상황이 정상참작되었고, 1차 위반이
었기에 영업정지 2개월 대신 근무태만(미성년자 신분증 검사 불이
행)에 대한 벌금 700만 원 처분을 받았다. 그리고 그 대상은 업주
가 아닌 해당 시간대 근무한 직원이었다. 그 직원은 바로 만두의
수술 당일에 잠수를 타버린 보영이었다. 안 그래도 돈 때문에 숨
어버린 것 같은데 벌금까지 그를 쫓는다. 이후 경찰서에 문의하
니 수배를 통해 벌금 부과가 이행되었다고 한다. '바람결에 던진

먼지가 자신에게 돌아오듯, 불행은 불행을 던진 사람에게 돌아간다'라는 말처럼 그 힘들었던 날에 우리를 떠나지 않았다면, 미리 한마디라도 해주고 그만두었더라면, 우리는 벌금을 기꺼이 대신 내주었을 텐데.

나는 모텔에 오는 사람 아닙니다

주차장으로 낡은 SUV 차량이 진입한다. 예상외로 나이든 여자가 운전석에서 내리고 비슷한 연배의 남자가 조수석에서 내린다. 그들은 로비로 다가온다. 수줍은 듯 여자가 인사를 건넨다. 모텔이 낯설어 보이는 손님에게는 무안하지 않게 대실이라는 직접적인 용어는 피하는 편이다.

"잠시 쉬었다 가시게요?"

고개를 끄덕이는 그녀를 향해 2만 원이라고 가격을 알려주었다. 그러자 그녀는 내가 묻지도 않은 대답을 한다. 아니 변명에 더 가까울까?

"네, 그, 이 사람 목욕시키려고요. 이 사람이 아파서 목욕을 혼자 못해서요.”

‘나는 모텔에 오는 그런 사람이 아닙니다. 모텔은 처음입니다. 불륜이 아니고 부부입니다’라는 설명으로 들렸다.

시집와서 정애는 죽어라 일만 했다. 한때 고등교육까지 받았던 정애는 스무 살이 되기 전까지 공부와 집밖에 모르는 순둥이였다. 고등학교를 졸업하고 친구들과 첫 여행을 가던 날, 친구의 남자친구가 철수를 소개해줬다. 시골에서 국민학교도 제대로 나오지 않은 철수는 한글도 배우지 못했지만 180cm가 넘는 큰 키에 호리호리한 몸과 눈웃음이 매력적이었다. 철수는 누가 보든지 충분히 한눈에 반할 만한 생김새를 가졌다. 유머러스한 말투와 몸에 밴 매너까지. 정애는 그와 만난 지 석 달 만에 속도위반으로 결혼했다.

그렇게 스무 해가 흐르는 동안 정애는 아이 셋을 낳았다. 무안이라는 시골에서 밭일하고 소도 키웠다. 철수는 직장을 다니면 한 달을 못 넘기고 그만두기 일쑤였다. 그렇다고 아이들을 돌보거나 집안일을 도와주지도 않았다. 하지만 인상도 입담도 좋았던 철수는 집만 나가면 인기 만점이었다. 이 집 저 집 고장난 것들을 손봐주고는 술상을 거하게 대접받아 곤드레만드레 집으로 돌아왔다. 어떤 날은 집에 들어오지도 않았다. 그래도 정애는 묵묵히 견뎠다. 동네 사람들은 철수를 한량이나 신선이라고 불렀다. 일도 안 하면서 마누라에게 큰소리치고 당당하게 사는 모습을 부러워하는 이들도 많았다.

그날도 철수는 남의 집 고장난 전등을 갈아주었다. 당연히 흥건하게 취한 채 집으로 돌아와 잠들었다. 그렇게 다음날, 깨어보니 한쪽으로 잠을 자서인지 어깨가 너무 아팠다. 파스도 붙여보고 아이들에게 주물러달라고도 해보고 동네 병원에서 물리치료도 받았지만 좀처럼 좋아지지 않았다. 동네 사람들은 어깨에 돌이 낀 거 아니냐 묻기도 했다. 어느 날부턴가 잔기침이 나기 시작했다. 처음엔 이러다 말겠지 했지만 한 달이 넘게 잔기침이 멈추지 않았다. 조금 걸었다 싶으면 숨이 차오르는 듯한 느낌도 들었다. 철수는 미루고 미루다가 결국 병원에 가서 폐 사진을 찍었다.

폐암 4기 판정을 받았다. 암세포가 어깨까지 전이되어서 어깨가 그리 아팠던 거였다. 일 년 전에 건강검진을 할 때까지만 해도 큰 이상이 없었다. 폐에 잔상처가 나 있었지만 그 정도면 나이에 비해 괜찮은 거라고 했다. 일도 하지 않고 늘 술독에 빠져 유유자적하던 철수에게 스트레스는 없었고, 술은 마시지만 담배는 태우지 않았기에 폐암이라는 것이 믿어지지 않았다. 길어야 3개월이었다. 담당 의사는 전이가 많이 진행된 상태에서 수술은 의미가 없으니, 암세포를 죽이는 임상 실험중인 약이 이런 경우, 그러니까 치료 가능성이 10% 미만인 환자에게 추천할 만하다고 했다. 애초에 치료 비용도 턱없이 부족했다. 이래 죽으나 저래 죽으나 마찬가지란 생각에 부부는 사인을 했다. 철수에게는 지금 살고 있는 시골집과 소 한 마리가 전부였다. 그래도 아들 녀석에게 소 한 마리는 남겨주고 가야지 싶었다. 시세를 알아보니 700만 원이었다.

철수와 정애는 오랜만에, 아니 어쩌면 신혼여행 이후 첫 여행을 떠났다. 여행이라 할 것까지는 없었다. 그저 시골집에는 다 큰 아이들이 버젓이 있으니 서방 노릇을 제대로 해줄 수 없을 것 같았다. 밖에서 밥을 먹고 모텔로 향했다. 죽은 나무에 물을 주면 썩을 뿐이지만, 살아 있는 나무라면 살아간다고 했다. 철수는 품 안의 정애에게 자기만 줄 수 있는 물을 흠뻑 부어주었다. 한 달 후 철수는 흙으로 돌아갔다.

1년 후 정애는 결혼한 큰아들을 집으로 불렀다. 물려줄 것은 소 한 마리뿐이라고 했다. 그리고 네 아버지는 마지막까지 엄마를 행복하게 해주고 갔노라는 말을 함께 전했다. 이제 막 결혼한 너에게 해줄 말은 그것뿐이라고.

4부

　"네, 그, 이 사람 목욕시키려고요. 이 사람이 아파서 목욕을 혼자 못해서요."

　나는 모텔에 단 두 개밖에 없는 욕조 있는 객실의 키를 그녀에게 건네주었다.

우리 미성년자인데
여기서 잤어요

미성년자 손님으로 큰 피해를 입은 후, 우리는 보다 철저하게 신분증 검사를 했다. 어떤 손님은 자신의 나이가 서른여덟이라며 웃기도 하고, 어떤 커플은 서로 자신이 어려 보여서 검사를 했노라 하하호호였다. 하지만 또 어떤 손님은 귀찮게 군다며, 핀잔을 놓거나 화를 내고는 나가버리기도 했다.

사실 모텔에서 미성년자 숙박 자체가 불법인 건 아니다. 부모 동의하에 동성끼리의 숙박은 허용된다. 문제는 미성년자 '혼숙'이다. 우리가 처음에 처벌받은 것도 미성년자끼리 혼숙을 했기 때문이었다. 다만 프런트에서 사전에 미성년자 숙박 자체를 철저하게 막는 이유는 동성끼리 있는다 해놓고 요 녀석들이 나중에 몰래 이성을 불러들이기 때문이다.

늦은 새벽, 직원이 객실 점검을 위해 잠시 프런트를 비운 사이에 계단을 통해 몰래 입실한 미성년자들이 있었으니… 나쁜 짓을 하려고 마음먹으면 막을 길이 없다.

그는 며칠간 연박하겠다는 남자 손님이었다. 신분증 검사를 마치고 흡연 객실로 배정해주었다. 남자와 일행들은 객실 내에서 술 담배를 많이 하고 밤새 떠드는 통에 목소리가 옆방을 넘나들어 항의가 들어왔다. 만두는 손님이 한 방에 머물면서 며칠간 청소를 안 하면 위생상 좋지 않으므로, 객실을 옆방으로 옮겨주겠노라 그에게 안내했다. 말은 그렇게 했지만 다른 손님들로부터 조금이라도 떨어뜨리기 위한 조치였다.

하지만 다음날, 소란스러움은 더욱 지나쳤다. 여기저기서 옆방이 너무 시끄럽다는 불만이 쏟아져나오고 다른 객실 손님들에게 둘러대는 것조차 한계에 봉착하자, 만두는 퇴실해줄 것을 정중히 부탁했다. 방에서 나온 남자에게 환불 조치를 해주고 잘 타일러서 무사히 내보냈다. 퇴실한 방은 예상대로였다. 음식물 쓰레기와 각종 오물들이 이불과 수건, 방바닥에 흥건했다. 이불과 수건은 그냥 버려야 할 판이었다. 나는 언제나 그랬듯이 깊은 한

숨을 쉬며 쓰레기들을 분리배출했다. 수건은 버리고, 이불은 아까워서 재세탁을 해보려고 커다란 봉투에 담았다.

그 시각 모텔 입구에 경찰차가 멈춰 섰다. 차에서 조금 전 퇴실한 남자들이 경찰과 함께 내렸다. 만두가 의아한 표정을 지으며 물었다.

"무슨 일이신지…?"

그러자 방금 강제 퇴실당한 손님이 손가락으로 만두를 가리키며 말했다.

"저희 미성년자인데 여기서 잤어요!"

그렇게 그는 도리어 만두를 신고했다.

사건은 이랬다. 모텔은 24시간 영업을 하므로 교대근무가 부득이하다. 성년인 남자가 일찍 방을 잡아놓고 근무자가 바뀐 사이에 남녀 섞인 미성년자들이 대리입실을 한 것이다. 하지만 우리는 분명 프런트에서 물었었다.

"몇 호 가시나요?"

"아까 방 잡았어요. 607호요."

검은 티에 검은 반바지, 덩치나 나이까지 비슷하므로 자세히 얼굴을 들여다보지 않는 이상 같은 사람이라고 착각하기에 충분했다. 경찰측에서는 프런트를 비우고 객실 점검을 다녀온 근무지 이탈죄, 돌아온 후 CCTV를 돌려 철저하게 확인하지 않고 미성년자들의 얼굴을 알아차리지 못한 근무태만을 명목으로 들었다.

해당 직원이 신분증 검사를 했다 하더라도 정상참작만 될 뿐 처벌이 없어지는 것이 아니다. 해당 직원의 형사처벌은 피할 수 없다. 하지만 숙박업소에 몰래 입실한 아이들의 부모나 학교 관계자는 어떠한 책임도 지지 않는다. 출입한 아이들은 현행법상 처벌 대상이 아니어서 학교나 부모에게 인계하는 것이 최선이다.

어찌 되었든 우리는 이미 한 번의 처벌을 받은 상태다. 이번에 잘못된다면 정말 폐업해야 한다. 다음날 만두는 이 나라의 법에 하소연이라도 해보자며 200만 원을 주고 행정사를 선임했다. 우리의 억울함을 풀고자 한 것이 아니라 단지 벌금을 얼마라도 낮춰보자고, 폐업만은 막아보자고. 아직 고등학생과 대학생인 두 아들을 생각하면… 아니, 생각하지 말자. 행정사는 우리에게 반성문을 수기로 써오라고 했다. 해당 직원에게도 반성문을 쓰게 했다. 반성문을 보면 검사의 마음이 조금이라도 열리지 않을까 해서다.

만두는 반성문에 커다랗게 '잘----못----했----습----니----다'라고 꾹꾹 눌러썼다. 경찰서에서 진술서를 쓰면서도 만두는 다시 한번 말미에 '잘-못-했-습-니-다'라고 꾹꾹 눌러썼다. 보고 있던 형사 한 명이 도대체 뭘 잘못했다는 거냐고 물었는데, 만두의 귀에는 "당신은 죄가 없습니다. 참 억울하지요?"라고 들리는 듯했단다.

5부

오늘도
재워드립니다

모텔은 안 망하나요?

"치킨집은 하루가 멀다고 문을 닫던데, 고깃집도 몇 달 못 가 간판이 바뀌던데, 술집도 마찬가지던데. 근데 모텔은 절대 안 망하네요?"

우리도 모텔을 운영하기 전에는 그렇게 생각했다. 모텔 간판이 바뀌는 것도 드물고, 모텔 건물은 계속 모텔로 쓰였으니까. 하지만 모텔 주인이 된 이후로 그 비밀을 알았다. 그래서 이렇게 대답하겠다.

"아니요. 모텔은 안 망하는 것이 아니라 못 망하는 것입니다!"

물론 모텔도 망한다. 그래서 건물 자체가 경매로 나오기도 하고 매매, 임대도 수두룩하다. 우리 동네에도 주인이 여러 번 바뀐 모텔이 몇 군데 있다. 미성년자 입실이 적발된 케이스다. 모텔은 한두 달 영업정지 받으면 억대 손해가 발생하므로, 사실상 한번 문제가 생기면 재기하기 힘들다. 또 워낙 건물 단가가 높다보니 밀어버리고 다른 걸 다시 시작할 수 없다. 그대로 두고 유지하는 수밖에 없으며 장사가 안 되면 헐값에 넘기는 게 최선이다.

모텔 하실 분들은 그런 물건이 있나 잘 찾아보시라! 죽은 건물 살리는 것도 능력이다. 물론, 운영의 어려움은 도처에 있다.

숙박업에서, 아니 모든 영세업자들이 그렇듯이 직원 구하기는 하늘의 별 따기다. 아무리 '평생직장'을 생각하던 우리 때와 MZ세대는 다르다지만 하루 일하고 그만두고, 일주일 일하고 그만두고, 한 달 일하고 그만두는 사람들이 왜 이리 많은지. 그나마 그만둔다고 말하는 건 양반이다. 전화기 꺼놓고 안 나오는 경우도 많다. 우리는 이제 왜 안 나오냐는 전화조차 않는다. 그냥 안 나오면 '또 가는구나' 한다.

한번은 첫 출근날, 한 시간 일하다가 집에 열쇠를 전달해주고 오겠다고 잠시 나간 뒤로 그대로 돌아오지 않는 사람까지 있었다. 그만두는 방식도 참 다양하다.

그래서 청소 팀과 주야간 프런트 직원이 있는 오토 시스템이

도입되어 있음에도 늘 돌발상황에 대기중이다. 언제 그만둘지 모르기 때문에 우리가 가까운 곳에서 대기하다가 직원이 사라지면 바로 투입되는 꼴이다. 놀랍지도 않고, 화가 나지도 않는다. 일상이 되어버려서 익숙할 뿐이다. 이래서 바쁜 가게는 가족끼리 운영하는 걸까? 나 또한 엄마와 시아버님의 손길을 많이 받는 것도 이 때문인가 싶다. 이러한 사정이 우리 숙박업계뿐만 아니라 모든 직업군에서 종종 있는 일이라는 게 씁쓸하다.

우리에게 세탁물을 운반하는 기사님께서 한숨을 쉬며 부랴부랴 들어오신다.

"늦어서 죄송합니다."

"아저씨, 너무 늦으셨어요! 저희 세탁물 없어서 영업 못할 뻔했어요! 요즘 무슨 일 있으셔요?"

내가 묻자 거듭 사과하며 말씀하신다.

"요즘 아무도 세탁소 일을 안 하려고 그래요, 안 하려 그래. 다들 앉아서 하는 일 하려고 하지 몸 쓰는 일은 안 하려 해요. 하루 이틀 하다가 쉬운 곳 찾아가버려서 큰일입니다."

최저시급은 능력치와 노동 강도를 무시한 채 책정된다. 그러니 누가 힘든 일을 하려 하겠는가? 힘든 일은 하기 싫고 그나마 쉬운 일을 하면서 돈은 벌고 싶으니, 사람들이 눈치작전만 벌이는 것이다. 같은 값이라면 좀더 쉬운 일, 보다 더 쉬운 일을 찾다보니 결국 취업난으로 이어지고 정작 우리처럼 인력이 필요한 곳에는 사람 구하기가 하늘의 별 따기다. 우리의 경우 최저시급대로 월급을 책정하면 금액이 어마어마하다. 막상 일하는 시간은 4~5시간 이내지만 모텔 특성상 영업 시간 내내 프런트에 사람을 앉혀두어야 한다. 그러다보니 인건비만 천만 원이 넘어가는 이 현실이 원망스럽다.

모텔이 말해주는 그들의 수준

키 180cm, 몸무게 0.1t은 될 듯한 거구의 사나이 네 명이 로비에 들어선다. 그들 머리 위로 '두둥'이라는 자막이 떠다닐 것만 같다.

"두 명씩 잘 건데, 트윈룸 두 개 있나요?"

트윈은 하나뿐이고 다른 두 분은 온돌방에 이불을 깔아드릴 수 있다고 설명했다. 현장에서 작업을 마치고 돌아왔는지, 그들은 춥다고 손을 비비면서 순순히 308호 트윈실 하나와 605호 온돌방 하나를 계산했다.

"605호인데, 까는 이불이랑 덮는 이불 하나씩 갖다주쇼."

나의 체급 문제로 인해 평소처럼 남직원을 불러다 객실에 이

317

불 전달을 부탁하려는데, 605호 손님들이 마음이 급한 듯 '추워 죽겠구만, 빨리 이불 좀 갖다주쇼! 빨리 주쇼!' 하며 나를 계속 보챘다. 하는 수 없이 이불과 수건 등을 보관하는 리넨실로 향해 크고 두툼한 이불 두 채를 짊어졌다. 작은 몸뚱어리로 두 채를 들려니 보기 흉할 정도로 허리가 뒤로 꺾인 채 마구잡이로 휘청거린다. 겨우 도착한 605호. 손이 세 개라면 좋으련만 아쉬운 대로 현관문을 발로 툭툭 찼다.

"사장님! 이불이요, 이불!! 이불 왔어요!!"

우렁차게 소리치자 현관문이 열리고 덩치 큰 남자들이 날 맞이한다. 창피할 정도로 부들거리는 팔을 그들에게 내밀었다. '받으세요'라고 말하려는 찰나, 두 덩치는 그런 나를 힐끔 보더니 동시에 뒤로 물러났다. 그러고는 내게 들어오라며 길을 터준다. 이것이 바로 모세의 기적이니라. 그들의 반도 되지 않을, 꼼치만큼 작은 나는 덩치들이 열어준 바닷길을 따라서 걷는다. 너무 무거운 나머지 도착지에 이불을 사실상 패대기쳤고, 그들은 날 의아해하며 쳐다보았다. 좀 받아주지…. 늘 느끼는 거지만 유독 모텔의 고객들은 우리를 사람 그 이하로 본다. 고객님, 언젠가 고객님과 저의 입장이 바뀔 수가 있답니다. 당신 앞에 서 있는 사람이 당신 가족이라도 그러실 건가요?

잠이 오니까 자는 겁니다

　주간 직원이 갑자기 그만뒀다. 만두와 나는 직원을 구할 동안 직접 12시간 근무를 서기로 했다. 둘이 함께 12시간을 근무하는 것은 비효율적이므로 오전 7시부터 오후 1시까지는 만두가, 오후 1시부터 오후 7시까지는 내가 근무해 6시간씩 나눠 일하기로 정했다. 그런데 집안을 청소하고 아이들이 먹을 간식과 저녁거리를 준비하느라, 오늘도 지각하게 생겼다. 부랴부랴 택시를 잡아타고 가게로 향하는데, 아니나 다를까 성질 급한 만두에게서 전화가 온다.

　"어디야?"

　"가고 있어."

"늦었네. 신생아는 뭐하고?"

"신생아, 주무십니다."

전화를 끊자 택시 기사님께서 웃으시며 묻는다.

"신생아? 신생아가 아들입니까? 왜 그런 별명을 붙였죠?"

"먹고 자고, 먹고 자서요."

우스갯소리로 답하자 기사님께서 말씀하신다.

"그렇군요. 어른들이 참 이상하지요. 어른이 되면 잠이 오질 않아서 수면제를 먹곤 하잖아요. 우울하거나, 걱정거리가 있어도 잠이 오질 않아 뒤척거려요. 그리고 다음날 직장 동료들에게 한숨도 못 잤다고 말하죠. 그런데 아이들에겐 넌 맨날 잠만 자느냐, 게으르다, 언제까지 잘 거냐고 잔소리하죠. 잘 먹는 것만큼 잘 자는 것 또한 중요한 일입니다. 아침부터 새벽까지 학원이며 학교며 여기저기 다니는데 애들이 얼마나 피곤하겠어요. 한참 잠 많을 나이에 잘 자는 것은 그만큼 건강하다는 뜻입니다. 잠이 오니까 자는 거예요. 잘 자는 게 바로 복입니다. 주말에는 실컷 자게 두세요."

택시에서 내려 한참을 멍하니 서 있었다. 여태 생각지도 못했던 이야기였다. 나 또한 우울증으로 한때 수면제를 먹었던 기억이 있다. 생리하는 날이면 거의 사나흘 밤을 꼬박 샌다. 그래서 택시 기사님의 말씀이 더더욱 와닿았다. 왜 그렇게만 채근했을까. 앞으로 주말에 늦잠 자는 아이는 깨우지 않고 이불도 덮어주고 조명도 낮춰줘야겠다. 앞으로도 너의 삶에 뒤척이는 밤이 적기를 바라면서.

아가씨는 잠깐 놀고 가면
그만이지만

　한여름 뙤약볕에 지각생 민들레가 수다를 떤다. 토끼풀 무리가 지지 않겠다는 듯 쫑알대는 그런 날이다. 띵동 하며 숙박 앱으로 예약이 들어왔다. 그리고 거의 곧바로 전화가 온다.

　"안녕하세요, 좀전에 앱으로 예약한 사람인데요. 저 대신 먼저 다른 사람이 입실할 건데 가능한가요? 이름은 장민혁입니다."

　순순히 그러시라고 말했다. 30분쯤 흘렀을까, 한 여자가 프런트를 두드렸다.

　"장민혁으로 예약했다던데요, 지금 들어갈 수 있나요?"

　나는 늘 그랬듯이 신분증을 보여달라 요구했다. 사실 미성년자에게 두 번이나 데고 나니, 손님이 신분증 제출을 거부하거나 그 자리에서 짜증을 내면 차라리 방을 안 팔고 말지 싶었다.

"신분증 안 가지고 왔는데요. (이리저리 주머니를 뒤지는 듯하다가) 아, 면허증도 안 가져왔는데."

여자는 얼버무렸다. 모두가 그렇다고 할 수는 없지만, 고등학생들은 화장을 진하게 하고 미니스커트와 힐 그리고 네일아트까지 하고 나타나는 데 비해, 오히려 대학생이나 일반 성인들은 수수한 얼굴에 생머리, 청바지에 캔버스화를 신고 등장한다. 그리고 바로 앞에 서 있는 여자는 옅은 화장에 생머리, 청바지와 크롭티, 슬리퍼 차림이었다. 입실 거부를 시키자니 이제 갓 스무 살이 넘은 대학생 같아 보여 마음이 좀 쓰였다. 신분증이 아니더라도 신분을 증명할 만한 것들, 스마트폰 내부 인증 같은 것이라도 없냐고 물어보았지만 없단다. 나는 망설이다가 만두에게 전화를 걸었다.

"신분증 없으면 절대 안 돼! 아직도 모르겠어?"

괜히 전화했다가 핀잔만 들은 나는 정신이 번쩍 들었다. 지난번에 걸린 미성년자 혼숙 사건도 아직 소송중이었다. 결국 신분증을 가져오라며 여자를 되돌려보냈다. 약이 오른 듯 여자는 입을 참새처럼 뾰족이며 나갔다. 경험이 약이 되었는지, 혹시 몰라 CCTV를 돌려보니 여자는 모텔 근처에서 서성이고 있었다. 한 시간이 조금 넘으니 하늘색 리넨 셔츠에 브라운 면바지를 입고 검은색 백팩을 멘 남자가 들어왔다.

"장민혁이요, 예약."

어느새 출근한 만두가 608호 키를 건넨다. 남자가 들어가고 10분쯤 흐른 뒤, 아까 신분증이 없어서 돌려보낸 여자가 전장을 이탈한 비겁한 군인처럼 살금살금 엘리베이터로 향한다. 만두가 소리친다.

"쟤, 아까 걔 아냐, 그 어린애? 어어, 방으로 들어가나? 저기요!! 아가씨!"

만두가 프런트에서 몇 번이고 여자를 불렀다. 하지만 여자는 가는귀가 잘 들리지 않는 사람인 척, 엘리베이터를 타고 올라가 좀전에 장민혁이 들어간 방의 문을 연다. 만두는 계단으로 우당탕 따라 올라갔다.

"어어, 608호로 들어간다. 어어!"

그뒤를 만두가 곧장 쫓아가 '가짜 어른' 여자를 막았다. 만두는 여자의 털끝 하나라도 건드릴 수 없었으므로(이런 상황과 장소에서는 눈빛도, 세 치 혀의 짧은 한마디도 조심해야 한다) 나에게 손짓 발짓으로 '데려가, 데려가!' 눈치를 주었다. 나는 경찰에 신고를, 만두는 출입구를 봉쇄했다.

"한 번만 봐주세요, 네? 한 번만 봐주시면 안 돼요? 제발요."

경찰이 오자 여자가 돌변했다. 만두가 경찰에게 호다닥 말했다.

"여기 이 아가씨가 미성년자 같은데, 몰래 들어왔어요. 잡아가주세요. 참고로 혼숙 안 했습니다. 입실 전에 잡은 겁니다."

그리고 가짜 어른 여자를 향해 호소하듯 소리쳤다.

"아가씨, 왜 저희 가게에서 이러세요? 저희한테 왜 이러세요? 아가씨는 잠깐 놀고 가면 그만이겠죠. 저희는 여기에 모든 게 걸려 있어요. 목숨입니다, 목숨!"

잠시 후 608호 남자가 내려왔다. 경찰이 신분증을 요구했다. 남자는 98년생, 당시 25살이었다. 둘은 무슨 관계였을까? 여자는 중학교 3학년 정도 되는 모양이었다. 7~8살은 차이 나 보이는 둘. 두 사람의 관계가 진실된 사랑인지 끔찍한 장난인지까지 내가 파헤칠 바 아니지만, 두 사람이 만나야 한다면 그 책임을 우리가 떠안아야 할 필요는 없지 않겠어요?

하늘에서 떨어진 금반지

처음 가게를 시작했을 때 우리가 계약한 세탁업체의 세탁비는 월 180만 원 정액제였는데, 어느새 그 값이 380만 원이 다 되어간다. 그것도 모자라 정액제에서 세탁물 개별 정산으로 시스템을 바꾼다는 통지서도 날아왔다. 예를 들어 수건 300원, 샤워가운 1,500원, 이불 커버 2,000원 등… 그렇다면 우리 모텔의 세탁비는 380만 원이 훌쩍 넘게 된다. 뭔가 대책을 세워야 했다. 세탁업체 사장을 만나 사정해보았지만 물가가 많이 올라서 정액제 시스템을 유지하는 것은 불가하다는 대답만 돌아왔다.

우리는 고민 끝에 코인빨래방을 짓기로 했다. 얼마 전에 가게 앞 주차장 용도로 100평 조금 넘는 땅을 매입했던 터라 마침 공터도 있는 셈이었다. 대출을 알아보러 은행에 들렀다. 세탁기값 7,000만 원, 공사비 3,000만 원, 대충 1억 원 정도가 필요했다.

"아주 돈방석에 앉았구나."

"땅 팔 때 잘 봐라. 혹시 아냐? 금반지라도 나오는지?"

속 모르는 주변 사람들은 웃으며 놀려댔다.

시공 첫날, 빠른 진행을 위해 포클레인이 들어오기 전에 미리 만두가 삽으로 땅을 파기 시작했다. 무언가 '쨍' 하는 소리가 났다. 삽의 손잡이에서 손끝으로 전해지는 약한 진동이 느껴졌다.

자세히 보니 금반지였다.

"오, 빨래방 대박 나려나봐. 꽁돈은 바로 쓰는 거야!"

우리는 전래동화 속 가난한 부부처럼 실실 웃으며 그 길로 금은방에 달려가 반지를 팔았다. 돈은 정확히 반반으로 나눴다.

치킨까지 깨끗이 청소해드려요

대실에 이어 숙박까지 박 터지는 날이다. 주말도 아닌데 손님은 여전히 많은 모텔. 대견하다, 우리 부부! 영준, 영민 부부는 아무것도 몰랐던 우리들을 가르쳤다. 그리고 불미스런 이유로 모텔을 떠나면서, 우리 부부가 이곳을 말아먹었을 거라 예상했거나 바랐을 것이다. 하지만 우린 그들 없이 이렇게 해냈다. 그들이 떠난 후 매출이 그전보다 떨어진 적은 없었으며 오히려 올랐으니까! 완벽한 부활이다!

대실 이후 오후 6시에 퇴실하는 일반실 두 개, 오후 7시 퇴실하는 일반실 세 개, 그러나 오후 6시에 입실하는 숙박 손님은 네 팀이다. 지금 시각은 오후 5시 58분으로, 방 두 개가 부족하다. 부디 숙박 손님의 체크인 시간이 7시 이후가 되거나, 대실 손님이 체크아웃을 조금만 일찍 하게 해주세요! 맘속으로 기도하는데 갑자기 나의 기도가 먹힌 건지 "문이 열렸습니다" 하는 반가운 알림과 함께 702호에서 커플이 나온다. 7시 퇴실인데 한 시간이나 일찍 나오다니! 나는 재빨리 청소 팀에게 호수를 말하며 작업을 지시했다.

청소를 마치고 10분쯤 흘렀을까? 프런트에 걸려오는 인터폰 소리에 다가가서 보니, 글쎄 702호다.

"치킨 시켜놓고 음료수 사러 간 사이에 방을 다 치워버리셨네요…? 치킨 아직 안 먹은 거였는데요!"

나는 당황했다. 아, 손님이 퇴실하는 경우 반드시 엘리베이터 키 박스 안에 키가 반납되었는지 확인해야 했는데! 뭐가 그리 급했던 건지 확인도 안 하고, 청소 팀에게 외출한 손님의 방을 청소시킨 것이다.

"너무 죄송합니다! 계좌번호 주시면 치킨값 보내드릴게요."

달래보지만 702호 고객의 화는 누그러지지 않는다.

"7시 퇴실인데 언제 다시 시켜서 먹냐고요!"

하, 나는 어쩔 수 없이 제안한다. 내가 싼 똥은 내가 치워야지.

5부

"그럼 제가 2만 원 보내드리고, 한 시간 더 연장해드릴게요!"

모텔을 운영한 지 이제 어느새 6년 차지만 여전히 배워야 할 것들은 넘쳐난다. 잊지 말자, 키까지 반납되어야 퇴실이다!

동전 교환기에 가득 든 지폐들

　순전히 모텔 운영을 위해 열게 된 빨래방이었기에 매출에 대한 큰 기대는 없었지만, 우리의 두번째 가게는 생각보다 빠르게 자리를 잡아갔다. 동네의 유일한 코인빨래방이기도 했고 대로변에 위치하다보니 별다른 광고도 필요 없었다. 유흥업소 직원들, 출장 온 사람들, 장기 여행객, 하다못해 주변 숙박업소에서도 찾아왔다. 큰돈은 아니었지만 그런 대로 밥값을 하는 가게였다.

　"저게, 우리 노후연금이다! 늙어서 저거나 계속할까? 우리 둘이 먹고살 정도는 되겠지, 뭐."

　모텔도 순항중이고, 빨래방도 자리를 잡으면서 나는 뭔가 공허함을 느꼈다. 두 가게 모두 무인 시스템(모텔은 직원을 병행하고 있지만)을 도입한지라 평일에는 거의 백수라고 하니, 주변에서 다들 부러워했다. 그러나 시간이 많아지자 오히려 나태함이 극에 달했다. 오후 한두 시에 모텔에 들러 수금한 다음 빨래방으로 넘어가 수금하고, 잔돈 기계에 동전을 채워넣는 일조차 귀찮아지기 시작한 것이다.

허구한 날 맛집 투어랍시고 벌건 대낮부터 낮술을 마셨다. 그러다 문득 이건 아니다 싶은 마음에 아르바이트라도 다녀보기로 결심하고 채용공고를 뒤졌다. 처음엔 예전에 하던 학원 강사직이나 할까 했는데 일을 놓은 지 오래라 다시 공부하기가 귀찮았다. 어떤 일자리는 근무 시간이 너무 길거나 한 달에 휴무가 고작 이틀이었다. 골프장 청소, 오전 2시간, 50만 원. 짭짤하겠으나 친구들이 아서라 하며 말렸다. 그거 보통 일 아니라고.

그러다 찾게 된 일이 바로 미술학원이었다. 거리가 멀었지만 시급이 1만 2,000원이어서 지원했고, 면접까지 보게 됐다. 전공자는 아니었으나 학창 시절 6~7년 정도 미대 입시를 준비했던 것이 경력으로 인정되었다. 월, 목 주2회 2시간 근무라 부담이 없겠지 싶었다. 하루 나가보니 워낙 아이들을 좋아하는 나인지라 일을 하고 있다기보다는 아이들과 놀다 오는 느낌이어서 참 좋았다. 시키지도 않은 수강생 사진을 마구 찍어댈 정도였다. 아르바

이트가 끝나고 '오늘 2만 4,000원을 벌었구나' 생각하며 룰루랄라 수금을 하러 코인빨래방에 들렀다.

어디 보자, 동전 교환기를 열었다. 만 원짜리, 천 원짜리, 오천 원짜리 지폐들이 숨 막힌다는 듯 서로 먼저 빼달라며 아우성이었다. 지폐가 이렇게나 가득한데 번화가의 통유리창 너머 보는 눈이 많다. 견물생심이라고 하지 않았나? 어서 이 지폐들을 숨기자. 늘 그랬듯이 백팩의 지퍼를 열고 왼손으로 가방의 입구를 잡아 벌린다. 그다음 오른손을 불가사리처럼 쫙 펴고 가방 안으로 지폐들을 쓸어 담는다. 그렇다, 돈을 쓸어 담는다. 동전 교환기 안의 지폐들은 늦가을 바닥에 떨어진 은행나무의 노란 잎을 닮았다. 그 빛깔이 곱디곱고 수북수북하니 한가득이다.

차에 타자마자 돈을 세어보니 오늘 매출은 21만 5,000원. 어라, 미술학원에서 두 시간 일하니 하루 일당 2만 4,000원, 2회(1주)면 4만 8,000원, 4주면 19만 2,000원. 내가 학원에서 손수 벌어오는 한 달 월급은 19만 2,000원이다. 올 때 갈 때 드는 기름값 5만 원을 빼면 14만 2,000원. 사람 손 없이 무인으로 돌아가는 매장의 하루 매출은 21만 5,000원. 매번 이렇게 많은 돈이 들어 있는 것은 아니지만 이번 정산액은 분명 하루 매출이었다. 집에 돌아오니 '현타'가 온다. 돈이란… 무엇인가?

염색은 미용실에서

여자와 남자는 사귄 지 6개월이 넘었다. 오늘은 모텔 데이트를 하기 위해 대실을 잡은 참이었다. 사실 오늘 일찍 미용실 가서 염색이나 할까 했지만 가격이 8만 원이 넘어가는 걸 보고, 차라리 만 원도 안 하는 염색약 하나 사서 함께 직접 해보자 싶었다. 사랑하는 이의 머리카락을 어루만지며 염색하는 데이트도 나름 이색적일 것 같았다. 문제는 장소였다. 집에서 하자니 집안 꼴이 엉망이 될 것 같고, 그렇다고 욕실이 있을 다른 마땅한 곳도 없으니 모텔 방이 제격이었다.

"손님, 이리 앉으시지요, 어떻게 도와드릴까요?"

킥킥대며 염색약을 발랐다. 염색은 생각보다 쉬웠다. 그럭저

력 머리도 만족스러웠다. 한 가지 걱정인 것은 바닥이며 벽지, 수건에 묻은 염색약이 잘 지워지지 않았다. 에라, 모르겠다. 두 사람은 장난스럽게 웃으며 퇴실했다.

그 시각 만두는 손님이 퇴실한 방의 환기를 위해 602호로 향했다. 문을 여는 순간 찌릿한 약품 냄새가 코를 찔렀다. 바닥이며 벽이며 온 천지에 염색약이 뚝뚝 떨어져 있었다. 걸레로 문질러봤지만 잘 지워지지 않았다. 예약 손님에게 전화를 걸었다.

남자와 여자는 처음에 염색은 하지 않았다고 잡아뗐지만 금방 들통날 거짓말이란 걸 잘 알았다. 도배나 장판, 수건 세탁까지 물어주기엔 금액이 너무 컸다. 그들은 하는 수 없이 직접 가서 닦아주겠노라고 했다. 그 길로 다이소에서 청소용 걸레와 세제를 샀다. 땡땡이치다 걸려서 복도 바닥의 껌을 떼는 불량 학생들인 양 그들은 각자 방 한편에 쪼그려앉아 얼룩을 지웠다. 앞으로 염색은 전문가에게 맡기는 걸로!

범인은 302호에 숨어 있다

가게 매출 단위가 점차 커지니 아무래도 현금이 귀해졌다. 가게 매출이 작을 때는 현금이든 카드든 상관이 없었지만, 매출 단위가 커지면서 종합소득세와 부가가치세 등 누적 세금이 어마어마하다. 벌거벗은 투명한 매출을 나랏님께 바치노라. 이거야말로 재주는 누가 부리고 돈은 누가 챙기는가다. 그러다보니 종종 들어오는 현금이 솔직히 반갑기도 하다. 어차피 소액이니 '까까' 사먹는 데 쓰고 있다.

노란머리에 허스키한 목소리의 여자 손님이 한 손에는 목욕바구니, 한 손에는 현금을 들고 302호로 체크인했다. '스펀지밥'

을 연상시키는 외모였다. 어찌 되었든 감사합니다, 현금 손님.

짐을 풀고 곧장 어디론가 외출하는 여자는 모텔에서 제공하는 샤워 가운에 화장실 슬리퍼를 신고 있었다. 뭐 잠시 나가는 거면 그럴 수 있다지만 썩 좋아 보이지는 않는다. 그러나 돌아오는 길에 친절히 아이스크림을 주더라. 음, 좋은 사람이다! 요즘은 이렇게 친절한 손님들 덕에 힘이 난다. 나갔다가 들어올 때마다 간식을 건네는 여자. 참 고맙다. 그렇게 미칠 정도 묵었을까?

어느 날 모텔 입구에 경찰차가 정차하더니 몇 명의 남자들이 들어섰다.

"혹시 머리 노랗고, 키는 작고, 통통한 체격에 좀 수상한 여자 못 보셨나요?"

그녀는 정말 독특한 외모였기 때문에 302호 여자를 말하는 게 아닐까 싶었지만, 수상한 여자라… 혹시 스펀지밥을 찾으시나요? 무언가에 홀린 것일까, 친절한 그녀에게 반했던 걸까? 손님의 신상을 주인장 맘대로 공개하면 직업윤리에 어긋난다는 합리적 이유와 정의감이 마구마구 샘솟았다. 일련의 사고에 '나 진짜 현명하고 좋은 사람 아냐?' 하는 생각까지 들어 하마터면 혼자 고개를 숙인 채 큭큭 웃을 뻔했다.

"아니요. 수상한 사람은 딱히 없습니다."

비장하게 답변하던 사이 남자가 혼잣말인지 모를 정보를 전했다.

"바로 요 앞 시장에서 사장님이 현금 300만 원을 도난당했답니다, 젠장."

시장? 상인? 이 두 단어에 정신이 돌아왔다. 비슷한 처지의 자영업자로서 '시장 상인=고생해서 돈 버는 사람들'이라는 공식이 머릿속에 떠올랐다. 평소 '정의로운 오지라퍼'임을 자처하는 나는 주인 없이 홀로 남겨진 핸드폰, 시계, 무선이어폰, 금반지, 귀걸이, 지갑 등등 각종 분실물도 기어이 제 주인에게 돌려줘야 속이 풀렸다. 그러니 다시금 의견을 철회한다.

"형사님, 302호요!!"

나의 우렁찬 번복에 형사들이 바로 객실로 올라가보았지만 그녀는 이미 도망친 후였다. 경찰차를 보고 CCTV가 없는 사각지대로 내려간 모양이다. 겨우 입구 카메라를 통해 철제 필통 속에서 꽤 오래 살아온 지우개인 양 여기저기 닳아 없어진 늙은 차를 타고 도망가는 여자의 노란 뒤통수를 확인할 수 있었다. 그녀가 지나간 자리에는 동화 〈헨델과 그레텔〉에 나오는 과자부스러기처럼 크기가 제각각인 물방울만 뚝뚝뚝 떨어져 있었다. 들고 있던 목욕 바구니에서 떨어졌던 걸로 보였다.

나중에 객실을 확인해보니 샴푸, 린스, 바디클렌저가 텅 비어 있었다. 아마도 여자는 목욕 바구니를 들고 모텔을 돌며 빈 통을 채우는 듯했다. "김빠진 콜라에 향기 좋은 커피를 아무리 부어봤자지." 언젠가 책에서 읽은 구절이 떠올랐다. 바디용품이 담긴 통들은 제대로 씻고 부었길 바라며.

형사들은 302호를 범죄 현장이라고 출입 금지시켰다.

"지문 감식반 오라고 해."

오, 살인사건이 아니어도 지문 감식을 하는구나. 범인은 차량 번호 조회로 간단히 검거됐다.

사랑하니까 그러는 거다

새벽이 악수를 청하는 소리에 벌떡 일어났다. 시계를 보니 오전 6시 30분이다. 어젯밤은 야간 직원이 쉬는 날이라 만두와 나는 프런트에서 밤새 야간 근무를 섰다. 함께 야근하는 날이면 만두와 나는 코발트블루색 간이침대 위에서 등을 맞대고 잔다. 굳이 마주보지 않는다. 우리는 어느 순간부터 서로의 등을 더 사랑한다. 시간이 오전 7시를 향하자, 간이침대를 정리하고 고객들이 퇴실한 객실의 점검을 한 바퀴 나서는 만두. 그 시각 나는 오늘 새벽까지의 매출을 결산하고, 각종 예약 사이트에 접수된 고객 명단을 정리한다. 그러다보면 시간은 오전 8시가 훌쩍 넘는다.

'오늘은 어떤 음악을 틀어볼까, 스타벅스 분위기 재즈 음악,

광고 없음…'

블루투스로 음악을 켜고 로비의 책들을 정리하는데, 하얀 단발머리에 한쪽 발을 저는 중년의 남자와 30대 초반의 단아해 보이는 여자가 들어왔다. 둘 다 무거워 보이는 화구를 어깨에 메고 있었다. 내가 반갑게 맞이하자 백발의 남자가 대답했다.

"쉬었다가 가려는데 방이 있나요?"

아이고, 아직 오전 8시가 겨우 넘은 시간이다. 청소 팀은 오전 9시 10분 출근이며, 퇴실한 방을 청소하면 빨라야 9시 30~40분에나 입실이 가능하다. 이 소식을 전하자 젊은 여자가 남자를 향해 말했다.

"아침 먹고 올까요?"

백발의 남자가 고개를 끄덕이자, 나름의 배려랍시고 내가 거든다.

"짐 보관해드릴게요! 짐 보관 가능합니다!"

씩씩한 나의 발언에 남자와 여자는 흔쾌히 짐을 맡긴다. 나는 모텔 청소의 특수기술을 겸비한 만두에게 즉시 전화를 건다.

"오빠, 대실 손님들 밥 먹고 온다니까 청소하자!"

만두와 나는 청소 카트를 707호 앞에 세운다.

15년 전의 어느 날, 170cm의 키에 부리부리한 눈을 가진 2학년 선배가 1학년 신입생들을 앞에 두고 소리친다.

"신입생, 여기 온 걸 환영한다. 너희들은 이제 하나다. '미술부는 하나!' 따라해봐."

선배의 허리는 고작 20인치밖에 안 되어 보였는데, 앞치마의 허리끈을 두 바퀴 넘게 돌려 묶었기 때문이었다. 가느다란 허리와 대조되게 굵은 목소리가 쩌렁쩌렁 울렸다. 선배의 구령에 맞춰 1학년 신입생 여덟 명이 참새처럼 합창한다.

"미술부는 하나!"

"좋아. 선배는 하늘, 후배는 땅!"

"선배는 하늘, 후배는 땅!"

"목소리가 그것밖에 안 되나? 더 크게! …지금 웃는 사람 누구냐? 앞으로 나와. 엎드려뻗쳐."

선배는 이 우스꽝스러운 풍경에 키득거리던 1학년 아이를 불러내고는 자연스럽게 나무 이젤의 부러진 조각을 들고 왔다.

"이빨 여섯 개 보였으니까 여섯 대만 맞자."

여섯 차례의 둔탁한 소리가 울려퍼지며 분위기가 삭막해졌지만, K여고 미술부의 전통은 이미 소문이 자자했기 때문에 누구도 나서지 않았다. 이곳 미술부는 군기가 세기로 유명했다. 학교측

도, 미술부 담당 선생님도, 학생들도, 부모들도 다 알고 있는 이
야기였다. 어찌 보면 예체능부의 군기는 학교마다 비슷비슷했다.
이렇게 군기를 잡는 것은 '예체능은 공부와 실기 두 마리 토끼를
잡아야 하고, 그것을 이겨내기 위해 강한 체력과 집념이 필요하
다'라는 이유에서였다. 그리고 선생님 혼자서는 부원 관리가 되
지 않았기 때문에 선배들에게 권력을 쥐여준다.

　오직 복종만이 살길이다. 이 바닥에서 살아남아야 각종 대회
에도 출전할 기회가 주어졌다. 그렇게 나간 대회에서 메달을 따
면 대학 입학에 가산점을 받는다. 다만 'K여자고등학교'라는 이
름을 달고 나가야 학교의 명예가 살기 때문에 미술부 탈퇴시 대
회에 내보내지 않는다는 암묵적인 교칙이 있었다. 그걸 잘 알기
에 1학년 소녀들은 이를 악물고 온갖 '훈련'을 버텼다. 욕설과 기
합을 받아가며 선배님들 이름 외우기, '다'나 '까'로 말하기, 선배
님과 함부로 눈 맞추지 않기부터 미술부답게 줄긋기나 선배의 작
품을 따라 그리는 카피 뜨기 같은 훈련도 계속됐다. 그러던 어느
날이었다.

　"석고 소묘하는 종이 가져와. 그래, 4절지. 열 셀 동안 여덟
명 모두 이 종이 위에 올라선다. 너희는 하나야. 우린 한배를 탄
거야!"

새로운 형태의 기합이다. 소녀들은 어쩔 줄을 몰라 했다. 덩치 큰 친구가 작은 친구를 업고 목마도 태우고 그러다 떨어지고, 엎드려 몸을 포개보기도 한다. 기적처럼 1학년 모두가 4절지 안에 들어간다. 그때 한 선배가 말한다.

"잘했어. 이제 종이를 반으로 접어. 그 위로 올라가. 다 같이 살든지 다 같이 죽는다."

가로세로가 30~40cm밖에 안 되는 종이 위에 여덟 명이 올라갈 방법은 없다. 몸을 반으로 접는다 해도, 납작하게 포갠다 해도. 결국 또다시 "엎드려뻗쳐!"가 날아온다. 끝이 없는 훈련, 아니 이것은 고문이다.

이제부터 다희가 등장한다. 다희는 초등학교 4학년 때부터 미술학원을 다녔으므로 고등학교에 와서 입시미술을 처음 시작한 동기들에 비해 실력이 뛰어났다. 실기로만 보면 3학년 선배들의 실력과 어깨를 나란히 할 정도였다. 그렇기에 그녀는 예술고등학교를 희망했지만, 타지에 진학시킬 형편이 못 되었고 예고에 진학하면 질 나쁜 친구들이 많아 입시가 더 어려울 거라는 미술학원 선생님의 조언에 따라 K여고에 진학했다. 하지만 이럴 줄 알았다면…. 엄마는 아무것도 모르고 딸아이를 잘 부탁한다며 미술부에 대형 화분을 보냈다. 다희는 그 화분을 본 날, 미술부를 탈

퇴했다.

미술부를 탈퇴한 다희에게 미술대회에 나갈 기회는 주어지지 않았다. 당시엔 체험학습 제도도 없었으므로 결석하고 미술대회를 나갈 수도 없었다. 처음에는 혼자서라도 입시 활동을 이어가려 했지만, 미술부의 텃세와 교칙이라는 진입장벽은 너무 높았다. 그렇게 미술을 포기해야만 했다.

다희는 전공과 상관없는 인문사회대학에 입학했다. 학교를 졸업하고 입시학원에서 강사로 일하면서도 마음 한편에는 늘 화가의 꿈을 꾸었다. 좋은 사람을 만나 가정도 꾸리고 아이들도 이제 중학교에 진학해 자기 시간이 많아졌을 때였다. 백화점에서 학부모들과 점심을 먹는데, 게시판에 붙은 한 전단지가 눈에 띄었다. '문화센터 수채화 성인반 모집.' 가슴이 쿵쾅거렸다. 안수현이라는 강사 이력을 보니 모 대학교수로 지방방송에도 나오고, 미술협회 이사직을 맡고 있는 화가였다. 개인전과 단체전 등 전시회도 일 년에 몇 차례씩 하는 프로 화가.

4B 연필, SWC 물감, 아르슈 종이. 화방에 들러 문화센터 준비물 목록을 보여주자 화방 주인이 어느 센터인지 묻는다. 다희는 백화점이라고 말한다.

"그럼 고급스러운 이 브랜드를 써요! 백화점 문화센터는 수준이 달라."

다희는 주인이 권하는 재료들을 사 들고 첫째 주 화요일 문화센터로 향했다. 화구를 보고 있자니 눈물이 쏟아져나오려 했다. 차 안에서 코발트블루 물감 뚜껑을 열어 냄새를 맡는다. 사람마다 자기가 잘 쓰는 색이 있는데 다희는 블루를 참 잘 썼다.

센터에 도착한 다희는 다른 수강생들을 둘러보았다. 그림을 그리는 여인들의 센스는 보통이 아니었다. 기다란 구레나룻에 피어싱, 한여름에 마 부츠, 레이어드한 구제 티셔츠와 목걸이. 겉으로는 좀 논다 싶은 언니들이었지만 처음 수업에 참석한 다희를 무척 따뜻하게 대해줬다.

수업이 시작되자 다희의 몸은 저절로 움직였다. 어릴 때 서양화 전공을 목표했기 때문에 수채화만 6~7년을 했다. 세월이 흘렀어도 몸은 기억했다. 물과 물감의 만남도 종이와 붓의 만남도. 그림을 그리는 종이가 도화지가 아닌 아르슈 전문가용이라는 부분이 조금 달랐을 뿐이다. 아르슈 종이는 천 같은 재질로, 종이에 물을 한번 먹여서 길을 들인다. 종이에 먹인 물을 얼마나 말리는가에 따라 물감이 스며드는 정도가 다르기 때문에, 이 또한 기술이 필요한 부분이다.

수현은 종이 위를 물 만난 물고기처럼 헤엄치는 다희를 참 예뻐했다. 수현의 수업을 다닌 지 1년이 넘었을 즈음, 다희의 그림을 펼쳐놓고 다른 회원들에게 설명하기도 했다. 다희는 온 마음을 다해 그림을 그렸다. 문화센터는 자율제 수업이므로 개인 사정에 따라 수강생이 결석하는 경우가 더러 있었지만, 다희는 생활의 중심이 그림이었으므로 그날도 한 시간 정도 일찍 강의실에 도착했다. 그날은 수현도 수업 준비를 하고 있었다.

"다희씨, 숙제 해오셨나요?"

문화센터의 수업 시간은 짧은 데다가 주1회여서 매번 숙제가 나간다. 수현이 사진을 주면 그것을 그려오고, 부족한 부분을 수업중 설명으로 채워나가는 방식이다. 다희가 그림을 꺼내 보였고, 수현이 코칭을 시작했다.

"저 멀리 있는 산과 요 앞의 잔디는 같은 녹색이 아니죠. 자세히 보세요. 나무 한 그루 안에 얼마나 다양한 색이 있는지요. 그 앞에 비친 물그림자도 마찬가지, 앞에 있는 것이 채도도 높지요."

다희는 수현의 설명에 집중하며 붓질했다. 종이 위는 멋진 무대가 되어주었고 춤추는 다희의 붓은 음악 대신 수현의 목소리에 맞추어 요란하게 움직였다. 그것은 빠르고 경쾌했지만, 침착하고 정확했다. 음악에 클라이맥스가 있듯이 그림에도 클라이맥스가 있었다.

"녹색에 파란색을 섞으면 생동감이 더 넘칩니다. 녹색에 갈색을 섞으면 나이 먹은 잎사귀를 표현할 수 있어요. 앞쪽은 올리브 그린을 써요, 물감을 섞어서 색을 만들지 말고, 탁색이니까. 네, 그렇죠."

그 순간이었다.

먼 곳에서 가까운 곳으로, 밝은색에서 어두운색으로,

채도는 점점 오르고 명도는 점점 떨어뜨린다.

"그렇지. 자자, 이제 포인트가 거기죠. 더 강하게, 더더 강하게! 물도 많이, 물감도 많이, 그렇죠!"

다희는 연주자, 수현은 지휘자가 되어 함께 절정을 향해 달린다.

"그래요, 좋아요!"

다희는 순간 호흡이 가빠졌다. 수현도 마찬가지였다.

다희는 이 감정이 낯설었다. 처음엔 수현을 존경하는 마음이 너무 크기 때문이라 생각했다. 존경인가? 사랑인가? 무엇일까? 그러다 이 감정은 존경이 아닌 사랑임을 느꼈다. 존경하는 사람을 보고 이토록 격렬하게 가슴이 뛰는 일은 없지 않은가? 다희가 문화센터 주차장에 차를 세우고 계단을 올라 수채화 수업반 강의실 문을 여는 순간, 그 문을 열고 들어서기까지, 이제 막 수족관에서 빠져나온 물고기처럼 팔딱거리는 심장이 아플 지경이었다. 회칼로 난도질당하기 전의 횟감처럼 살려달라고 애원하듯 제 살을 바닥에 쳤다. 스스로 고통을 자처하더라도 살기 위한 몸부림이었다. 다희 역시 제 심장이 뛰는 고통을 자처하면서도 어쩔 도리가 없었다.

둘은 그뒤에도 몇 번 둘만의 수업 시간을 가졌다. 이 수업은 어떤 약속 없이도 적확한 시각에 이루어졌다. 그렇게 둘의 사랑이 시작됐다. 수현과 다희는 어떤 말도 필요치 않았다. 작업실에서 함께 그림을 그리고 모텔로 향했다. 지복이란 바로 그런 것이었다. 이래도 되냐고 묻지 않았고, 이래야만 했다. 이게 옳은 거다. 서로 같은 곳을 바라보는 것이 사랑이라고 하지 않았던가. 둘은 같은 밀도의 눈빛으로 캔버스를 바라본다. 이건 사랑이라는 한 폭의 그림일 뿐이다. 우리는 함께 그림을 그리는 사람일 뿐이다. 그렇게 그림 속으로 천천히 걸어들어간다. 하얀 침대는 캔버스가 되고 다희와 수현은 형형색색의 물감이 되어, 조화롭게 섞이며 한 폭의 그림이 된다. 다희는 707호 키를 받아든 수현의 뒤를 따른다. '이 사랑'이라고 쓰고 '이 사람'이라고 고쳐서 되뇌면서.

볼일은 화장실에서

그런 날이었다. 좋은 일을 하나 하고 착한 어린이상을 받고 싶은 날. 사건이 있기 몇 시간 전, 나는 팝콘제조기 옆에서 톰브라운 카드지갑을 주웠다. 지갑 속 신분증과 예약자 명단까지 대조했는데, 동일한 이름이 없어 CCTV까지 돌려보며 주인을 찾아주었다. 그런 날이었는데….

"예약하셨네요? 503호로 가시면 됩니다."

10분 뒤, 503호로부터 전화벨이 울린다.

"사장님, 여기 TV가 안 되는데요."

시도 때도 없이 밤이나 낮이나, 옷을 홀딱 벗고 아니면 속옷만 입은 채 TV가 안 되고 PC가 안 된다는 사람들 때문에 나는 꼭 객실을 점검할 때 미리 전자기기들을 전부 켜보며 작동 여부를 확인한다. 아까 점검할 때는 분명히 잘되었던 것을 떠올렸지만 이내 다시 헷갈렸다. 거기만 깜박한 걸까?

"잠시 올라가봐도 될까요?"

한 치의 의심 없이 고객이 작동 미숙으로 켜지 못한 거라 생각했다. 그런데 막상 가서 확인하니 모니터 가득 길쭉한 색색깔의 바코드들이 세워져 있는 것이 보였다. 액정이 나간 것이다. 하필 가격대가 있는 LG 모니터였다. 어젯밤 밤새 만두가 방을 청소해 되팔기를 반복하며 벌어들였을 수입이 고스란히 TV 모니터값으로 나가게 된 것이 못내 속상하다. 객실 내부에서 벌어진 일이니, 액정을 깬 것이 전날 밤 손님인지 방금 입실한 대실 손님인지 확실치 않았다. 모든 책임은 객실 점검 때 제대로 확인하지 않은 나의 탓이었다. 분명히 모두 잘 작동된 걸로 기억하는데… 귀신에 씐 듯 머릿속이 희미했다. 결국 손님들을 다른 객실로 안내했다.

고장난 TV를 벽에서 떼어내고, 리넨실에 보관된 예비 TV를 설치한 후 최종 점검을 위해 객실을 둘러보았다. 그런데 갑자기 객실에서 꼬리꼬리한 냄새가 났다. 그러고 보니 오전 점검 때도 마른 오징어와 발냄새가 섞인 오묘한 냄새가 났던 것이 기억났다. 그때 창문을 열어 충분히 환기했고 탈취제도 뿌려서 청소를 마무리할 때쯤에는 별다른 냄새가 나지 않았다. 그런데 시간이 흐르고 고객이 입실하는 동안, 창문과 방문이 밀폐된 상태가 되니 스물스물 지독한 냄새가 올라온 것이다. 청소가 끝난 방에 들어가 방바닥에 코를 대고 킁킁거렸다. 이 냄새가 뭘까? 이 구역질 나는 냄새가 뭐지? 그리고 방문 쪽으로 코를 킁킁대다가 그만….

"우웨엑!"

냄새의 근원지는 방의 중문이었다. 냄새의 근원지를 뜻하지 않게 방문한 콧구멍과 측두엽의 협업으로, 그것이 질소와 수소의 화합물인 암모니아 냄새임을 예측할 수 있었다. (이 충격으로 아까 점검 때 TV는 멀쩡히 작동했다는 것 또한 기억해냈다.) 어제 투숙한 고객이 중문의 뒤쪽을 화장실로 착각한 모양이다. 이틀 전에는 누가 테이블 아래에 큰 걸 꺼내놓더니, 오늘은 작은 건이라니! 이건 아니잖아! 물티슈, 물걸레, 락스, 방향제를 사용해 청소했지만 3일이 지나도 냄새가 가시지 않았다. 그때 처음 알았다. 큰놈보다 작은놈이 더욱더 오래 머물다 간다는 것을. 불멸의 암모니아수! 대포와 총 그 사이의 발칸포처럼 생긴 연무기를 2층 통로에 쏘았더니 조금 가시는가 싶었으나 다음날엔 말짱 도루묵이다.

너무 화가 나서 CCTV를 돌려본다. TV 고장의 원인을 찾지는 못하더라도 청소비만큼은 받아야겠다. 일단 카드 영수증이 있으니 경찰에 신고해야겠다. 그런데 CCTV로 찬찬히 살펴보니 일행이 조금 어려 보였다. 곰곰이 되짚어보니 신분증 검사도 하지 않았다. 만약 미성년자일 경우 역풍을 맞는다. 보상은커녕 영업정지와 벌금 등 민형사상 책임이 불가피할 것이다. 지갑 주인까지 찾아줬는데 상을 달라니까 왜 벌을 줘요. 이럴 때마다 하늘이 원망스럽다.

지금 바로 나갈게요

숙박 손님들의 퇴실 시간은 오후 1시. 그 시각이 지나도 나오지 않는 손님들에게 전화를 돌린다. 퇴실 10분 전 미리 전화를 하는 이유는 따로 있다. 안내 전화를 하면 자다 깬 목소리로 그제야 "네, 씻고 나갈게요"라는 대답을 매번 듣기 때문이다. 그러면 우리는 씻고 나갈 시간을 기다리는 수밖에 없는데, 이때 보통 30분에서 1시간이 넘는 경우도 있다.

부질없다는 걸 알면서도, 얄미운 생각이 들 때가 있다. 시간을 초과해놓고서 풀메이크업 화장부터 뜨끈한 매직기로 헤어 세팅까지 다 하고 나오는 모습을 볼 때다. 상습적으로 이 기다림을 악용하는 손님들이 늘어난 탓에, 우리 모텔에서는 시간을 초과할 경우 1시간에 만 원, 그 이상부터는 대실료 2만 원을 적용하고 있다. 돈이 문제가 아니라 그렇게 선을 긋는 이유 또한 따로 있다. "고객님, 시간 연장해드릴까요? 한 시간에 만 원이고, 그 이상은 대실 요금 2만원이 적용됩니다"라고 말하면 한방에 "아아아, 바로 나갈게요!"라는 답이 돌아오기 때문이다. 그렇기에 오늘도 우리는 어김없이 퇴실 전화를 돌린다.

"고객님, 퇴실 시간입니다."

고객은 너무 미안하다며 대실 연장을 하겠다고, 나갈 때 계산하겠다 말한다. 그리고 연장 상한선인 5시간까지 초과해 다시 전화를 거니, 잠이 덜 깬 목소리로 진짜진짜 죄송하다며 말한다.

"저희, 아예 하루 더 묵으려고요."

그리고 잠시 후 한 명이 나간다… 가방을 들고서. 아직 나오지 않은 다른 한 명이 더 있으므로 걱정할 필요는 없다. 10분 후 다른 한 명이 나간다. 그런데 그가 프런트를 거치지 않고 대로변으로 잰걸음을 치는 것이다.

"저기요!"

"아, 사장님! 편의점에서 돈 좀 찾아올게요! 숙박비 계산하려고요~!"

예의바른 목소리를 우리는 믿어본다. 그러나 그들은 나타나지 않는다. 예약자이므로 연락처가 남아 있다. 전화할까? 전화는 하지 않는다. 돈도 잃고 손님도 잃었지만, 더러운 감정 소모만은 피해야겠으므로.

대실하듯 왔다간 8만 원

기분좋은 연휴가 코앞이다. 사실 정말로 기분이 좋다기보다는 최면을 거는 것에 가깝다. 남들은 불금이다, 불토다, 연휴다 여기저기 여행 다닐 때 자영업자는 더 바쁘기 때문이다. 평일에도 바쁘지만 주말엔 주말이라, 연휴는 연휴라 더 바쁜 우리 직업의 비애. 하지만 그렇다고 우울할 필요는 없다. 통장으로 보답받을 거니까! 좋게 생각하자!

금요일 오후, 만두에게 문의전화가 걸려온다.

"네네, 특실이요? 오늘부터 주말 요금이라서 8만 원씩 객실 두 개 하시면 16만 원입니다."

남자는 만두에게 16만 원을 이체했다. 하지만 밤이 지나도록 예약자는 오지 않았다. 혹시 모를 일이니 다음날 오전 6시까지 방을 비워두었다. 끝내 그는 나타나지 않았다.

본격적인 휴일을 알리는 토요일 아침. 오전 10시가 넘었을 무렵, 단발머리가 매력적인 여성이 들어왔다. 여성은 자연스럽게 "대실이요" 말하면서 현금 2만 원을 건넨다. 30분이 흐르고 여성이 먼저 나온 후 남성이 나왔다. 그런데 한 시간도 채 지나지 않아 단발머리 여자가 다시 등장했다.

"대실이요."

그녀의 뒤엔 아까와는 다른 남성이 서 있었다. 말끔하게 생긴 훈남이었다. 마찬가지로 30분 뒤에 방문이 열렸다. 이번엔 남성이 먼저 나오고 여성이 뒤따른다.

그리고 어느 정도 시간이 흐른 뒤에 같은 여자가 나타나더니 또 한번, "대실이요." 그리고 또다시 한번, "대실이요."

슬슬 숙박 손님들의 입실 시간이 다가오고 있으므로 대실이 불가했지만, 이분은 이번에도 30분 만에 나오지 않을까…? 우리 모텔의 대실 마감은 청소 팀 퇴근 1시간 전인 오후 8시까지다. 이어서 들어올 숙박 손님들을 맞이하기 위해 청소할 시간을 남겨두는 거다. 그런데 오늘은 숙박 예약이 다 찼으므로 대실 마감을

7시로 당겨놓았다. 오후 5시 10분쯤 오늘의 '그녀'와 함께 들어온 네번째 남자에게 우리는 머뭇거리며 키를 건넸다.

그런데, 혹시 그녀는 성매매를 하는 걸까? 아니면 그저 인맥이 깊고 넓은 걸까, 궁금했지만 우리가 나서서 조사하기란 쉽지 않기에 모르는 채로 덮어두기로 한다. 언젠가 숙박업 교육 때 배웠던 성매매 장소를 제공하는 행위에 대한 처벌법이 생각났기 때문이다. 성매매를 알선하지 않았더라도 성매매가 이루어지고 있다는 걸 인지한 상태에서 공간을 제공할 경우 처벌받는다는 내용이었다. 지난번 '수건 열 장' 사건 때와 달리 꼬투리를 잡을 것이 마땅치 않았다. 직간접적인 증거를 발견하기 전까지는 함부로 나설 수 없다. 나는 그들의 관계를 실제로 모르니까.

그런데 내가 처음 보는 여자분을 너무 믿었나보다. 세 번의 대실로 서로 간의 믿음이 쌓였다고 생각했는데 네번째 대실에서 비상 상황이 발생했다. 아니지, 그녀는 '들어가면 30분 내로 나온다'는 무언의 약속을 지켰다. 입실한 지 15분 뒤인 5시 25분, 여자는 나왔지만 남자가 나오지 않았다.

그런데 이게 웬걸, 방금 전 프런트 앞을 스치듯 지나간 다른 여자가 그 방에 들어갔다.

15분 후에 그 여자가 방에서 나오고

그리고 잠시 후에 또다른 여자가 그 방에 들어가고

15분 후에 그 여자가 방에서 나오고

그리고 잠시 후에 또, 또다른 여자가 그 방에 들어가고

15분 후에 그 여자가 방에서 나왔다.

남자는 한 시간 안에 총 네 명의 여자를 상대한 거다. 오늘의 '그녀'와 마찬가지로 그 역시 마감 시간은 여유롭게 지켜냈다.

"와, 둘 다 징하다."

"이게 가능한가?"

만두와 나는 기가 다 빨린 채로 그저 두 사람의 인상착의를 기억하기로 했다. 혹시 모를 일이니 앞으로 그들에게는 방을 팔지 않을 생각이었다.

그렇게 한 고객에게 네 번의 대실을 받아서 현금 8만 원을 챙기며, 순조롭게 숙박 영업이 시작되는가 싶었다. 곧 봉고차 두 대가 주차장에 진입하더니 열 명 정도 되는 사람들이 내린다. 등산객인가? 다들 '대한민국 중년의 교복'이라 불리는 오색찬란한 등산복을 입고 있다. 알록달록 단풍놀이를 보는 기분이었다. 나는 주차장으로 나가 안내를 도왔다. 모두 저를 따라오세요, 손짓하며 손님들과 함께 로비로 향했다. 그런데 제일 먼저 프런트에 당

도하여 만두와 몇 마디를 주고받던 고객 한 명의 언성이 점점 높아진다.

"내가 오늘로 예약했는데 무슨 소리 하는 겁니까?"

알고 보니 어제 전화로 특실 두 개를 예약한 남자와 그 일행이었다. 만두는 흥분하지 않고 설명했다.

"사장님이 분명 어제 '오늘'이라고 하셨잖아요. 애초에 '토요일'이라고 안 하셨어요."

그렇다. 토요일은 특실 예약이 진즉 마감되었으므로 받을 수 없는 상황이었다. 그런데 남자는 계속 생떼를 썼다. 슬슬 숙박 고객들이 몰려들 시간이라 우리는 마음이 조급해졌다. 하지만 방을 주고 싶어도 특실은 다 나가서 방이 없었다. 일반실도 마찬가지였다.

"아, 이 사람들이 방도 안 주고 내 돈을 거저먹겠다는 거 아이가?"

하긴 고객의 입장에선 사용하지 않았는데 돈을 받는 것으로 충분히 오해할 만하다. 하지만 숙박업자의 입장은 다르다. 금요일처럼 방이 없어서 못 파는 날, 특실 두 개를 비워두는 건 큰 손해다. 우리가 만약 그 손님이 일정 시간까지 체크인하지 않았을 때, 다른 손님에게 예약된 방을 팔았다면 이야기가 달라졌겠으나

363

우리는 약속을 지키기 위해 기다렸다.

몇 번의 실랑이 끝에 남자는 조금 갸우뚱하는 모습을 비추었다. 스스로 자신이 없어진 모양이었다. 잠시 후 남자는 크게 양보한다는 듯이 말했다.

"우리 서로가 잘못했으니 16만 원에서 딱 반반, 8만 원씩 손해 보는 건 어떻습니까?"

내키지 않았지만 그렇게 하기로 했다. 만두는 남자의 뒤통수를 향해 속삭였다.

"에이, 아까 대실 네 번으로 받은 8만 원 그대로 까먹었네."

참 희한하다. 8만 원 벌고, 8만 원 날리고. 인생사, 아니 '모텔사' 새옹지마다. 그러니까 당장 장사가 잘된다고 자만할 필요도 없고, 장사 안 된다고 조급해할 필요도 없다. 흐르듯 두면 다 제자리로 돌아가니까.

체크아웃

우리는 그들의 사랑 앞에서 풍경이 된다.

"언제나 친절과 청결은 기본 중의 기본입니다."

서른다섯 개의 객실에서 매일 서른다섯 가지 이야기가 펼쳐진다. 그리고 각각의 이야기는 제법 풍성하다.

그들은 모두 다른 곳에서 흘러들어와 이곳에 모여든다. 그리고는 각자의 에피소드를 그들 스스로 만들어나간다. 나는 그들의 이야기가 쉽게 흘러들어올 수 있도록 자세를 낮춘다. 가장 낮은 곳에서 자신에게 흘러들어오는 모든 강물을 받아들이는 바다를 닮고 싶다. 그리고 관객이 되어 그들의 사랑을, 그들의 삶을, 진심을 다해 응원해줄 것이다.

이곳은 만남이 이루어지는 곳이다.

오랜만에 가족들이 모여 여행을 떠나오는 곳, 사랑하는 연인들이 오롯이 사랑에만 집중할 수 있는 곳, 중요한 시험을 보기 위해 익숙한 집을 떠나 좋은 꿈을 꾸기 위해 들르는 곳이기도 하다. 그런 그들의 삶을 존중하며 나 또한 오늘은 또 어떤 풍경을 만들어나가고 채울지 고민한다. 우리가 오래오래 기억될 좋은 풍경으로 남기를 바라며.

아이 러브 모텔

초판 인쇄	2023년 8월 24일
초판 발행	2023년 9월 8일
글	백은정
그림	이내
책임편집	변규미
편집	윤희영
디자인	조아름
마케팅	정민호 박치우 한민아 이민경 정경주 박진희 정유선 김수인
브랜딩	함유지 함근아 김희숙 고보미 박민재 정승민 배진성
제작	강신은 김동욱 이순호
펴낸이	이병률
펴낸곳	달 출판사
출판등록	2009년 5월 26일 제406-2009-000034호
주소	10881 경기도 파주시 회동길 455-3
이메일	dal@munhak.com
SNS	dalpublishers
전화번호	031-8071-8683(편집) 031-955-8890(마케팅)
팩스	031-8071-8672
ISBN	979-11-5816-169-9 (03810)